Hanns Zischler
*Der zerrissene Brief*

Hanns Zischler

*Der zerrissene Brief*

Roman

Galiani Berlin

*für meine Schwester*

Das Meer hat den Zauber der Dinge, die des nachts nicht verstummen, die unserem unruhigen Leben die Erlaubnis zu schlafen geben, ein Versprechen, dass nicht alles zu nichts werden wird, wie das Nachtlämpchen der kleinen Kinder, die sich weniger allein fühlen, wenn es glimmt.

*Marcel Proust*

Du fragst mich auf Deiner Karte, ob Pauline mir diese Geschichte wirklich erzählt hat? Zweifelst Du daran?

Im April 1966 hatte mir Pauline – sie war damals vierundachtzig – geschrieben, dass sie mir ihren mächtigen Ledersessel vermachen wolle. Ich fiel aus allen Wolken! Auf diesem Sessel war ich als Kind herumgetollt, es war kein einfaches Möbel, sondern ein Elefant, ein Bär, ein »Poltrone«, ein Tier samt Höhle, in die man sich verkriechen konnte. Zu ihrem Brief hatte sie ein Bändchen mit englischen Gedichten gelegt.

Ein Jahr zuvor war mein Vater unerwartet gestorben. Wenige Wochen später, im August, hatte ich mich Hals über Kopf verliebt. Aber schon im Frühjahr drauf war diese Liebe ein einziger Scherbenhaufen. In meiner Not habe ich Pauline angerufen. Ihre spontane Aufforderung, sie zu besuchen, ergriff ich wie einen Rettungsring.

Ich erinnere mich, wie ich das erste Mal mit acht Jahren in den großen Ferien zu Pauline kam. Meine Mutter hatte zunächst ihre Ziehtante Marie gefragt, ob ich bei ihr unterkommen könnte. Sie war mit den Nerven herunter, nachdem Vater sie »wegen dieser Ideologie«, wie sie sagte, hatte sitzen lassen. Marie, deren Haus in Sulzburg voll mit Flüchtlingen war, wandte sich an Pauline. Die beiden kamen aus demselben Dorf in der Nähe von Treuchtlingen und waren von Kindesbeinen an miteinander befreundet. Auch bei ihr waren Flüchtlinge untergebracht, doch sie hatte noch Platz. Mit einem umgehängten Lichtbildausweis bin ich mit dem Zug von Wetzlar nach Treuchtlingen gefahren. Den Anblick des kriegszerbombten Nürnberg werde ich nie vergessen. Wie ein Flüchtlingskind kam ich bei Pauline an.
Meine früheste Erinnerung an Pauline ist ihre Pelzstola: ein Blaufuchs mit schwarz geschlitzten, gelben Glasaugen. Wie sie lachte, als sie ihn umlegte und das flache Maul zuschnappen ließ!

Pauline war nicht wie die Leute im Dorf. Nie hat sie über Krankheiten, Beerdigungen oder irgendeinen trübseligen Familienkram geredet. Sie mochte keinen Tratsch. Sie war viele Jahrzehnte im Ausland gewesen und hatte keine Kinder. Sie wirkte auf mich wie ein frischer Wind aus einer anderen Welt.

Ein gutes Jahr später war ich noch einmal bei ihr.
Danach hat sie angefangen, mir hin und wieder
Kärtchen und Briefe zu schreiben. Manchmal
legte sie ein loses Blatt mit einem Gedicht
dazu. Ich habe ihr geantwortet, zuerst holprig
und brav, aber bald habe ich mich nach ihren
Briefen und den Gedichten gesehnt. Sie hat mich
gewissermaßen per Brief adoptiert. Ich habe ihr
mehr als irgendeinem anderen Menschen von
mir erzählt. Sie hat mir von ihren Spaziergängen,
dem Theater der Jahreszeiten und von alltäglichen
Begegnungen geschrieben. Alles war erfüllt
von ihrem gegenwärtigen Erleben, nie war von
ihrer Vergangenheit die Rede. Wir sollten »in
Tuchfühlung bleiben«, schrieb sie einmal. Wir
waren uns nahegekommen und nahe geblieben,
ohne uns in all den Jahren wiederzusehen.
Sie hatte eine schöne Handschrift, in die noch der
eine oder andere Sütterlinbuchstabe eingeflochten
war. Ihre Stimme habe ich bis heute im Ohr. Sie
hatte eine weiche, geradezu beiseitesprechende Art
zu reden. Ein diskreter Ton aus einer anderen Zeit.
Und sie konnte gut zuhören. Sie hatte eine sehr
eigene Art, ihre Gedanken auf Worte zu fädeln.
Als wir uns im Sommer 1966 endlich wiedersahen,
sprach sie zum ersten Mal von den weit
zurückliegenden Jahren mit Max, ihrem Mann:
»mein Plusquamperfekt«, scherzte sie. Max
Lassenius war erheblich älter gewesen als sie. Er

war in Libau im Baltikum geboren und sollte,
wie seine Vorfahren, Pelzhändler werden. Sein
Vater ist früh gestorben, sein Onkel Maxim war
viel in Russland unterwegs gewesen, in Sibirien,
Innerasien und Alaska, als es noch russisch war;
er reiste bis in die Nähe von San Francisco, in die
Niederlassung am Russian Hill. Von ihm hatte
der junge Max seine forschende Unruhe, seine
Reiselust, seinen »Raumhunger« geerbt. Für sein
unstillbares Fernweh gab es noch einen anderen
mächtigen Impuls: seine Mutter Evelyn aus Bath.
»Efeumutter« hat er sie genannt, »ivy mother«.
Es hat ihn einige Kraft gekostet, sich aus ihrem
Würgegriff zu lösen. Sie hat es ihm nie verziehen,
dass er so unbarmherzig Reißaus genommen hat.
»Sie hat wohl geglaubt, ich sei ihr Schlittenhund«,
hat er einmal im Scherz gesagt. Es war kein Scherz.

Pauline hat mir zum Abschied einen Packen Briefe,
Photos und ihre gemeinsamen Reisejournale
übergeben. Die Photos waren alles andere
als Amateuraufnahmen. Nachdem ich ihre
Aufzeichnungen einmal in Ruhe gelesen hatte,
kam ich aus dem Staunen nicht mehr heraus –
hier war eine Schriftstellerin am Werk! Meine
Begeisterung quittierte sie mit der lakonischen
Bemerkung: »Dann war nicht alles vergebens.«
Bei meinem nächsten Besuch im Frühjahr wollte
ich nicht nur den »Poltrone« abholen, sondern

vor allem über ihre Schätze sprechen. Ich wollte Genaueres über Namen, Personen und Orte erfahren, die durch ihre Journale geisterten.

Am 5. November 1966, nicht einmal ein halbes Jahr nach meinem Besuch, ist Pauline im Schlaf gestorben. Wir hatten uns noch zweimal geschrieben. Ich konnte, von einigen zittrigen Buchstaben abgesehen, keine Anzeichen von Hinfälligkeit bemerken. Richard schickte mir am nächsten Tag ein Telegramm, sodass ich noch rechtzeitig zu ihrer Beerdigung kommen konnte.

Auf dem Friedhof hatte sich, außer einigen älteren Frauen aus dem Dorf, die sich zu jeder Beerdigung wie ein stummer Chor einfanden, nur eine sehr kleine Trauergemeinde versammelt, es gab ja keine Hinterbliebenen. Neben dem Pfarrer und Richard waren die Haushälterin Manda, der Maderholtz Erwin und der Klempner am Grab. Seinen Namen habe ich vergessen. In einiger Entfernung verharrte stumm und barhäuptig ein alter Mann. »Das ist der Wetterfritz«, raunte mir Richard zu. Ich kannte ihn nur aus Paulines Schilderung. Und dann, im letzten Augenblick, tauchte am Friedhofstor eine ältere Frau in einem dunklen Pelzmantel auf. Sie blickte etwas unschlüssig zu uns herüber. Ihr kleines Köfferchen verriet, dass sie gerade erst angereist war. »Die Marie!«, rief

der Wetterfritz und humpelte ihr entgegen. Die beiden begrüßten einander scheu und traten dann zusammen ans Grab.
Hinterher saßen wir noch lange zusammen.

Auf dem hellen Sandstein, den Pauline, wie ihren Grabspruch, schon Jahre zuvor ausgesucht hatte, steht:

>Pauline Lassenius, geb. Nadler
>(1882–1966)
>
>*Wer sich vorm Tode fürchtet,*
>*geht nicht auf Reisen.*
>Goethe

In ihrem Testament hat sie mir die versteinerte Libelle und die Kimonos vermacht, die große Indianermaske des Donnervogels bekam Richard. Bald darauf waren diese beiden Erinnerungsstücke wieder vereint – als hätte Pauline es vorhergesehen.

[Aus einem Brief von Elsa Soldau an den Autor.]

Der verirrte Lichtblitz eines Seitenspiegels schoss in den dunklen Salon, knickte ab, spreizte sich blitzschnell zu einem Trapez am Plafond, wischte über zwei kleine Photographien, verharrte, zitternd wie eine Libelle, auf dem Glasbild an der Tapetenwand und war mit dem Geräusch des verebbenden Motors verschwunden. Im Flur klingelte das Telefon. Pauline zögerte. Nach längerem Läuten nahm sie den Hörer ab.
— Lassenius – Sie wünschen?
— Pauline!
Die Angerufene wurde von der aufgeregten jungen Stimme am anderen Ende fast überrumpelt.
— Elsa, bist du das? – Eine alte was?
— Eine Ansichtskarte! Sie lag in dem Gedichtband, den du mir im Frühjahr geschickt hast. Ich kenne sie inzwischen fast auswendig.
— Wovon sprichst du?
— In dem Gedichtband steht als Widmung *Fly away, my starling – and come back again! Max* Und darunter in deiner Handschrift – *Für Elsa – meine eiserne Ration!*
Pauline lachte.
— So kriegerisch kenne ich mich gar nicht.

— Diese Gedichte waren in den letzten Wochen auch meine eiserne Ration. War Max dein Mann, Pauline?
— Ja. – Was steht denn auf dem Kärtchen?
— M. Max Lassenius, poste restante, St. Petersbourg,
Neu York, 18. Juni 1900 – »*Mein lieber Fuchs, ich stelle mir vor, wie Du am Amur* – schreibt man nicht A-m-o-u-r? –

Pauline lachte.
— Nein, lies weiter.
— *Wie du am Amur Deinen Kasten aufstellst. Manchmal kann ich es gar nicht glauben, dass ich vor einem dreiviertel Jahr noch in Treuchtlingen auf der Kirchweih war und Du mich zärtlich angesprochen hast! Hier im Botanic Garden sprießt alles wie verrückt! Vergangenen Sonntag war ich zum ersten Mal alleine in Coney Island. Ich hatte eine unglaubliche Begegnung! Bitte schreib' mir bald wieder, geliebter Max! Ein Telegramm wäre noch schöner! Da spüre ich deine elektrische Kraft! Kannst du nicht wie Peter Schlemihl über den Stillen Ozean nach Kalifornien und gleich weiter nach Neu York hüpfen? Das wäre fein! I miss you more than you are missing me! Mein Englisch wird immer besser. Kisses, Pauline.*«
— Und deshalb rufst du an?
— Ja – nein. – Elsas Stimme klang mit einem Mal verzagt. Ich war zum ersten Mal richtig verliebt und dann hat er–
— Das klingt schlimm. Wo steckst du gerade?
— In einer Telefonzelle, ich meine, in Nürnberg. Nächste Woche beginnt mein Praktikum bei einer Restaurato-

rin – sie arbeitet Klebebände von Herbarien auf. Vorgestern bin ich aus England zurückgekommen.
— Magst du nicht zu mir kommen? In einer Stunde bist du mit der Eisenbahn in Treuchtlingen. Dort nimmst du dir eine Droschke – ich meine ein Taxi – und schon bist du bei mir.

— Ich möchte dich aber nicht stören. Wir haben uns zwölf Jahre nicht gesehen!
— Wie gut, dass wir uns geschrieben haben.
— Das ist wahr! Ohne deine Briefe und die Gedichte– Oh, meine Münzen sind gleich alle!
— Elsa? – Elsa?!

Pauline starrte auf den Hörer und legte auf. Sie ging zurück in den Salon, griff nach dem aufgeschlagenen Buch und versuchte weiter zu lesen. Es klingelte erneut.

Elsa studierte in Frankfurt am Main Biologie.

Manchmal dachte sie, sie müsse bei sich selbst den Grund für dieses Liebesdebakel suchen – als habe sie sich in die Verliebtheit nur geflüchtet, weil ihr Vater vor wenigen Wochen plötzlich gestorben war. Im Jahr zuvor hatte sie ein Visum für die DDR beantragt und ihn in Potsdam besucht. Auf der langen Zugfahrt von Frankfurt nach Berlin durch die immer flacher und eintöniger werdende Landschaft Mitteldeutschlands wunderte sie sich über die schier endlosen Anbauflächen hinter der Grenze. Es war ihre erste Fahrt nach Mitteldeutschland. Die Flickenteppiche der Äcker und Wiesen, die sie von zu Hause kannte, waren hier durch monochrome Raster ausgetauscht worden. Als sie so hinausstarrte, tauchte sie für lange Augenblicke in einen Kulturfilm hinein, den sie im AKI gesehen hatte: Endlose Weizen- und Maisfelder glitten vorüber. Die quietschenden Bremsen rissen sie aus ihrem Tagtraum. Der Zug machte mitten auf der Strecke halt. Auf einem roten Spruchband las sie – OHNE GOTT UND SONNENSCHEIN BRINGEN WIR DIE ERNTE EIN!

Unvergessen war ein nächtlicher Spaziergang mit ihrem Vater an der Havel. Sie hatten lange auf das schier uferlose Gewässer gestarrt – »Die Havel fließt aber sehr träge.« – »Zu unserm Glück. Sie heißt die Seenreiche. Die Havel hat uns den Lehm beschert«, sagte ihr Vater. Der Rauch seiner Zigarette kringelte sich um den steinernen Aschenbecher des Mondes. »Nur weil sie so langsam floss, hat sich der Schluff aus der fernen Eiszeit hier als Löß ablagern können. Aus den roten und schmutzgelben Ziegeln wurde Berlin erbaut, ein Häusermeer aus dem Wasser geschöpft.« Dieser Satz allein hatte ihr Bild der Stadt verändert.

Die ganze Nacht regnete es in Strömen. Das glitzernde Laub der Trauerweide zerstreute die vibrierenden Scheinwerfer des Taxis. Drei Tentakel des wilden Weins griffen nach dem Eckfenster im ersten Stock. Der Zeigerschatten der Sonnenuhr zitterte zwischen IX und XII. Elsa bezahlte den Fahrer und bat ihn, vor dem Gartentor so lange zu warten, bis im Haus Licht zu sehen sei. Sie sprang aus dem Wagen, eilte über den Kiesweg – ihren Schirm hatte sie im Zug liegen lassen – auf den dunklen Eingang zu. An der Haustür gab es nur einen schweren Türklopfer. Vorsichtig pochte sie mit dem Eisenring gegen das Holz, dann, nach einer quälenden Wartezeit im Regen, noch einmal, etwas weniger zaghaft. Das Licht im Flur sprang an und hinter dem Ornamentglas sah sie eine Gestalt näher kommen. Elsa winkte dem Fahrer zu. Mit einem kurzen Hupen verschwand der Wagen in der Nacht.

— Da ist ja mein Kummerkind! Entschuldige, wenn ich dich so nenne, mit acht Jahren warst du das erste Mal bei mir–

— Die ganzen großen Ferien! Und dann noch einmal im Jahr darauf im Winter.

Elsa war etwas verwirrt, Pauline in einer Art Kimono

vor sich zu sehen, dann fiel ihr wieder ein, dass sie schon damals solche Gewänder trug.

Pauline reichte ihr die Hand, umfasste ihre Ellbogen und drehte sie sacht ins Licht.

— Hätte ich dich wiedererkannt? An deinem Mund, dem schelmischen Lächeln. Und an deinen dunklen Augen! Richtig schwarz wurden die, wenn dich die Wut gepackt hat. Die stark geschwungenen Augenbrauen! Und die hohen Schläfen! – Die Tür steht ja noch offen.

Elsa blickte in Paulines altersloses Gesicht, in ihre wolfsgrauen Augen. Das weiße Haar war hochgesteckt, über die hohen Wangenknochen straffte sich der dunkle Teint ihrer Haut und gab ihr ein leicht indianisches Aussehen.

— Pauline!

Elsa wischte die Regentropfen von ihren Wangen und strich sich das nasse Haar glatt. Sie seufzte.

— Schlimm?

Pauline half Elsa aus dem nassen Mantel, schloss die Haustür und führte die Verzagte in die Küche.

— Danke, dass ich einfach so kommen konnte.

— Manda hat dir noch ein kleines Abendbrot zubereitet.

— Ist sie noch bei dir?

— Ja, Manda ist bei mir geblieben. Vor zehn Jahren hat das Rote Kreuz ihr mitgeteilt, dass ihr vermisster Verlobter schon 1943 bei Kursk gefallen ist. Ohne sie würde ich hier nicht zurechtkommen. – Kennst du dich im

Haus noch aus? Das Windlicht und die Streichhölzer nimm mit nach oben. In der Kammer, hier über der Küche, ist das Licht defekt. Es ist spät. Ich lege mich wieder hin. Wir sprechen morgen über alles. Gute Nacht!

Mit einem Klacken erlosch das Flurlicht in dem Augenblick, als Elsa den letzten Schritt auf der Treppe machte. Sie trat ins Leere und erschrak. Über den Linoleumboden des dunklen Flurs schoss der schmale Keil der Straßenlaterne durch eine angelehnte Tür am Ende des Gangs.

Als Kind hatte sie schon einmal hier im Dunkel gestanden und auf diesen Türspalt gestarrt. Aus der Kammer war die Stimme eines älteren Mannes gedrungen. Er sprach langsam und mit gleichmäßiger Betonung, er las etwas vor. Hin und wieder wurde er von einem lachenden Kind unterbrochen. Der Junge sprach dem Mann nach – *»In der rechten Tasche des Menschenbergs oder Bergmenschen«* – »Menschen-Berg! oder Berg-Menschen!«, rief er – *»In der rechten Tasche des Menschenbergs«*, fuhr der Mann nun selbst lachend fort, *»fanden wir nach gründlicher Untersuchung weiter nichts als ein gewaltiges Stück rauhen Tuchs, groß genug, einen Fußteppich für Eurer Majestät erstes Staatszimmer zu bilden«* – »Ein Schnupftuch! ein Schnupftuch! – für den Teppich des Königs!«, jubelte der kleine Junge.

Waren es die Flüchtlinge aus Mähren, die bis Mitte der Fünfzigerjahre hier gewohnt hatten? Die Familie Slawa?

Elsa drückte auf den roten Knopf, das Licht sprang wieder an.

Mit dem Windlicht in der Hand bewegte sie sich vorsichtig durch die Kammer. Ein Geruch von Bohnerwachs, Lavendelsäckchen und frischer Wäsche wehte ihr entgegen. Die flackernden Schatten bauchten sich an Decke und Wänden. Trotz des heftigen Regens öffnete Elsa das Fenster, mit den ersten Spritzern und der feucht-warmen Luft drang das süße Aroma des modrigen Laubs herein.

Sie legte ihre Kleider ab, nachdem sich ihre Augen an das flackernde Kerzenlicht gewöhnt hatten. Die Schemen des dicken Federbetts, das dunkel schimmernde Messinggestell der Bettstatt, die blauweiß verzierte Waschschüssel traten allmählich hervor. Weiter hinten im Raum blitzte der irisierende Reflex eines geschliffenen Spiegels auf. Sie wollte die Kammer nicht weiter auskundschaften, löschte die Kerze und trat noch einmal an das Fenster. Das plötzlich aufsteigende Gefühl, geborgen zu sein, ließ sie vor Freude frösteln. Die Straßenlaterne tünchte Decke und Wände mit einem matten Firnis.

In der Nacht wachte Elsa auf und konnte nicht mehr einschlafen. Sie murmelte sich durch Kinderreime und Kirchenlieder. Balladen, Sinngedichte und Schüttelreime taumelten durch ihr Gedächtnis, Nachtfalter ungezählter Lektüren. Ein Gedicht von Rückert ging ihr durch den Kopf, aber der Wortlaut wollte ihr partout nicht einfallen. War von »Welterhellung« die Rede? Vergeblich suchte sie nach einer Eselsbrücke.

Aus einem offenen Fenster des Nachbarhauses quäkte Radiomusik durch den Regen. Ein Fensterkreuz sprang spukhaft an die gegenüberliegende Hauswand, die Silhouette eines Mannes kam rasch näher und war schon wieder verschwunden. Ein Sendezeichengong beringte die Nacht. Hohl pochte der Ast eines großen Baumes gegen die Mauer ihres Zimmers. Durch den Regenvorhang drang die Stimme eines Nachrichtensprechers. Der Krieg in Vietnam wurde mit technisch klingenden Vokabeln getarnt. In der Zoologischen Sammlung hatte ein Dozent Elsa einmal das Zeitungsphoto von einem Saola gezeigt, das ein amerikanischer Soldat in den Bergen von Laos geschossen hatte. »Hunting is fun«, wurde der Gefreite zitiert. »Widerlich«, sagte der Dozent und pustete lange auf seinen heißen Tee, »Saola sind extrem scheu und bedroht.« Einige Tage später führte er die Studenten durch den düsteren Geweihsaal. Gehörne wirken ja schon am lebenden Tier wie etwas Ausgeblühtes. Die hier gestapelten Trophäen machten das Depot zu einer Schreckenskammer. Auf die ausgebleichten Schädel der Böcke, Hirsche, Gemsen und Elche hatten deutsche Offiziere während des Ersten Weltkriegs »auf der Etappe« in der Ukraine auf die Tierschädel mit Tusche säuberlich Name, Rang, Ort und Datum geschrieben. Im Windschatten der Schlachten hatten sie ihrer Jagdlust gefrönt und schließlich das Museum mit ihren sperrigen Geschenken überhäuft.

Elsa fürchtete manchmal, die Beschäftigung mit den unübersehbaren Hinterlassenschaften der toten Fauna könnte sie gegen die aufdringliche Aktualität der Kriegsnachrichten immunisieren.

Irgendwann war ihr aufgefallen, dass unter den Museumsleuten eigentlich nie vom »Tod« eines Tieres gesprochen wurde. Als wollte man dieses Wort vermeiden. Als wären diese Wesen wie von Zauberhand aus ihrer Lebenswelt in die Sammlung gewandert.

In einer Vorlesung hatte der Dozent einmal vom »Fortleben des Tiers im lebensechten Präparat« gesprochen. Niemand schien sich über seine Wortwahl zu wundern.

Am Flutsaum der Müdigkeit kam Elsa ins Stolpern, sie strauchelte und war eingeschlafen.

Am nächsten Morgen war es draußen aufgeklart.

Pauline war früh in den Pilzen gewesen. Sie hatte sie geputzt und auf der Anrichte in der Küche ausgebreitet. Manda hatte schon den Tisch für Elsas Frühstück gedeckt und die Zeitung danebengelegt. – *Sowjetisches Flugzeug bei Hermannstadt abgestürzt? Beatle John Lennon entschuldigt sich für Jesus-Zitat. Chicago*

Pauline ging leise über die knarzenden Dielen, um die Schlafende nicht zu wecken und legte den Kimono mit dem Muster der schimmernden Schneekristalle an. Im Salon rückte sie eine hohe Vase mit Rittersporn zurecht. Drei, vier Blüten lösten sich und fielen zu Boden, dann eine fünfte. Der hauchdünn behaarte Sporn, ein blassblaues Komma, verhakte sich in einer Falte ihres Gewands. Sie hielt das Blütenblatt gegen das Licht: wie ein aus den Wogen auftauchender Delphin und selbst einer Welle ähnelnd, stülpte sich der Sporn aus dem gewellten Blatt heraus und erinnerte sie an ein phantastisches Aquarell, das sie vor Jahren in einer Ausstellung gesehen hatte: Ein Tiger springt durch die spiralig ausfahrenden Staubfäden einer Blüte. Im ersten Augenblick hatte sie geglaubt, das Bild sei eine Illustration zu einem Märchen oder zu *Gullivers Reisen*, aber dieser Tiger sprang ins Nichts, in die freien Lüfte. Neben das Aquarell – es hieß *Blumensamen* – hatte der Künstler geschrieben: »Eifrig, mit des Tigers Reiz und Kraft, entsprang der Lebensfunke dem Kelch der Blume.« Aus ihren glashellen Kelchblättern hatte die Blume das Raubtier herausgeschleudert. Eine tollkühne Bewegung. Reine Verschwendung. Der Künstler hatte das Wesen der Flora erfasst: selbst unbeweglich und am Boden haftend, schickte sie ihre Boten aus und eroberte so die Welt. Die unscheinbare Ackerwinde, das Marienglas war es, das diesen Sprung vollführte. »Die Blüte ist der Tod der Blume. Die Botschaft der Blume ist das Leben«, hatte ihr im *Botanic Garden* der Bronx Oswald der Gärtner erklärt.

Paulines Hand verharrte in der Luft, sie hielt den Rittersporn wie einen kleinen Falter zwischen Daumen und Zeigefinger. »Oswald – are you in the drawing room?«

Die Kaminuhr schlug zweimal. Der metallische Ton zitterte lange nach. Pauline erschrak und blickte hinter sich: Sie wurde vom Widerschein der jetzt grell hereinbrechenden Sonne im Wandspiegel geblendet. Sie hielt sich die Hände vors Gesicht – wie unvorstellbar lange war es her, dass sie mit Oswald gesprochen hatte!

»Oh, was rede ich da, ich höre schon Stimmen!«

Sie betrachtete noch einmal die auf dem Boden verstreuten Blüten. Mit der bloßen Hand erhaschte sie eine Fliege auf der Zuckerdose, schob ein Stück gekniffte Pappe unter ein Bein des wackligen Teetischs und war schließlich fast froh, mit einer kleinen Zange Würfelzucker in die Dose nachfüllen zu können.

Sie setzte sich und versuchte, die Geschichte weiter zu lesen, die sie nach Elsas gestrigem Anruf unterbrochen hatte. »The Other Kingdom« von E.M. Forster. Wegen des lateinischen Zitats, über das sie gleich zu Anfang der Erzählung gestolpert war, fing sie noch einmal von vorne an. Gerade als sie glaubte, den Faden wieder gefunden zu haben, trat Elsa ins Zimmer und wünschte ihr einen Guten Morgen.
— Entschuldige, ich habe dich beim Lesen gestört.
— Aber nein! – Guten Morgen! Diese Geschichte muss ich ohnehin noch einmal anfangen. Setz dich doch zu mir.
— Diese Pilze, wie das duftet!
— Kennst du dich mit Pilzen aus, du studierst doch Biologie?
— Halbwegs–
— Das könnte dich das Leben kosten. Du lachst. Ein Bekannter hat einmal auf dem Markt statt Morcheln giftige Lorcheln gekauft. Mitten in der Nacht wachten er und seine Frau unter schrecklichen Krämpfen auf. Ohne nachzudenken, rannte er in die Küche und griff nach einem Glas Honig, er verschlang davon soviel er nur konnte und nötigte auch seine Frau dazu. Das hat den beiden das Leben gerettet. Angeblich sollen nur im Honig diese gifthemmenden Stoffe enthalten sein. Er hatte es nicht gewusst. Für mich bleibt rätselhaft, was

ihn zum Honigtopf und nicht zum Telefon hat greifen lassen! – Was rede ich da! Was bedrückt dich, Elsa?
— Ach! Letzten Sommer war ich auf Amrum. Wenige Wochen nach dem Tod meines Vaters. Ich habe mich Hals über Kopf in einen Professor verliebt, einen Mineralogen – Uli Täubner. Er war verheiratet. Es war natürlich kein Zufall, dass er zur selben Zeit auf Amrum war wie ich. Meine Freundin Ute hat herumerzählt, dass ich in ihn verknallt bin. In der letzten Vorlesung hatte er sich nach unseren Ferienzielen erkundigt. Ich sagte, ich würde in zwei Wochen nach Amrum fahren. »Allein? Auf diese stürmische Insel?« In seinem Ton lag etwas, das mich reizte, und ich habe zurückgefragt »Und wo werden Sie hinfahren?« Ute hat mir gegens Bein getreten. »In die bayrischen Berge«, log er und lachte.

Der Sommer in den Dünen, der Strandkorb, der Wind und die Wolken, Ebbe und Flut, die Brandung, die Möwen, der Strand. Wir hatten alle Zeit für uns, niemand kannte uns und wir kannten niemanden. Und er hat mich mit einem einzigen Gedicht – ich glaube, er kannte nur die erste Strophe – schwach gemacht.
— Kannst du das Gedicht noch?
— Aber gewiss: Kiefernquaste, Krähenbeere, / ob die Schöpfung hier begann? / Legte ich an Circes Insel, / Insel der Verwandlung an.
— Zauberhaft!, rief Pauline, von wem ist es?
— Von Wilhelm Lehmann.
— Das musst du mir aufschreiben, ja?

— Gerne. – Seine Frau war zu ihrer kranken Mutter nach Garmisch gefahren. Zweimal hat er sie von einer Telefonzelle aus angerufen. Ich habe ihn gefragt, ob er mit dieser Maskerade Probleme hätte. »Eigentlich nicht«, sagte er. Aber als er dann auf der Fähre nach Dagebüll seinen Ring wieder an den Finger steckte und leise sagte »Elsa, mir ist es ernst«, fiel ich aus allen Wolken. »Und wie soll es mit uns weitergehen?«, habe ich ihn gefragt. »Wir werden einen Weg finden.« Wie vage dieser Satz war, ist mir erst später aufgegangen. In den nächsten Monaten haben wir uns immer wieder heimlich getroffen. Ich glaube, in den ersten Wochen hat man mir an der Nasenspitze angesehen, ja gerochen, wie verrückt ich nach ihm war; Ute hat es mir ins Gesicht gesagt, sie war eifersüchtig. Ich habe dichtgehalten. Wir haben uns Briefkarten geschrieben, wenn wir es nicht mehr ausgehalten haben: er ins Studentenheim, ich in die Universität. Seine Sekretärin sei »die Verschwiegenheit in Person«, sagte er. Ich habe ihm ab und zu kleine Gedichte oder Zitate geschickt, man findet immer etwas, wenn man verliebt ist. »Kleine Holzscheite für unser Feuer«, habe ich einmal dazu geschrieben. Es gab Zeiten, da habe ich es kaum mehr ausgehalten, da hätte ich am liebsten laut gejubelt, dann wieder fand ich es grotesk, dass ich unser Verhältnis verheimlichen sollte. An anderen Tagen war ich stolz auf unser Geheimnis. Wie kindisch das alles ist!

Besonders deprimierend waren die Tage im Winter, wenn wir uns heimlich in einer Absteige in der Nähe des Hauptbahnhofs getroffen haben. Die Besitzerin mochte mich. Aber spätestens wenn wir uns dann wieder trennten und jeder für sich auf die Straße hinausschlich, spätabends oder an einem lichtlosen Nachmittag – wir konnten nach Amrum nie mehr eine Nacht gemeinsam verbringen – wurde diese Heimlichtuerei bedrückend. Ich hatte manchmal das Gefühl, dass ich käuflich bin und mir etwas vormache. Warum sollte ich eigentlich nicht etwas mit anderen Männern haben? Frei und frech, wie die Frauen in den französischen Filmen! Wie gerne wäre ich mit ihm ins Kino gegangen, um »Elf Uhr nachts« oder »Das Glück« mit ihm anzuschauen, doch Uli sagte jedes Mal: »Wir dürfen nichts riskieren.«

— Ich glaube, die Kinosäle wurden nur für solche heimlichen Liebesgeschichten erfunden, murmelte Pauline.

— Er war einfach feige. Und ich war über beide Ohren in ihn verliebt, ich hing an ihm, ich war süchtig nach ihm. Ich glaubte ihm, wenn er mit seinem treuen Hundeblick beteuerte, dass er nur den richtigen Zeitpunkt abwarten müsse, um es Hilda schonend beizubringen. Er würde »sehr bald« dieses »elende Doppelspiel« ein für alle Mal beenden. Ich habe schon gar nicht mehr daran geglaubt, aber es hat mir geschmeichelt.

Er war sehr findig, wenn es um provisorische Liebesnester ging. An einem Winterabend in der Wohnung eines Kollegen – er war in den Skiferien – wir waren außer uns vor Lust und liefen nackend–

— Elsa, du musst mir nicht in allen Einzelheiten–

— Entschuldige, auf jeden Fall, sagte er, als wir um Mitternacht aufbrachen, fast grimmig, und ich höre es noch wie heute: »Morgen werde ich es Hilda sagen!« – »Hilda!« Ich konnte den Namen schon nicht mehr hören!
— Und bestimmt ist etwas dazwischengekommen – unterbrach sie Pauline.
— Ja, wieso?
— Hehre Vorsätze, die von der Hand der Vorsehung unbarmherzig beiseitegewischt werden. Ein Trauerfall, ein Unglück, eine Krankheit? Was war's denn?
— Pauline! Woher weißt du–
— Dazu braucht man nicht viel zu wissen. Feigheit macht erfindungsreich. Wir haben nicht so viele Optionen. Notlügen werden aus dem Ärmel geschüttelt – und im Handumdrehn muss die Betrogene mit dem Täter oder sagen wir besser dem Übeltäter auch noch Mitleid haben!
— Ja! Genauso war es! Er rief mich an, was ziemlich selten vorkam, ich wohnte damals in einem Studentenheim, mit Telefon auf dem Flur. Mit todtrauriger Stimme sagte er mir, seiner Schwiegermutter ginge es sehr schlecht, er könne in dieser Situation Hilda unmöglich – was hätte ich da noch entgegnen können?
— »Du beutest fremdes Leid für dich und gegen mich aus«, das hättest du ihm sagen können. – Ich weiß – hättest. Aber du hast recht, dass dein Geliebter dich so foppt, das war schon – wie hieß er noch mal?
— Uli. Sein Spezialgebiet waren Kristalle. Ich habe mich jedes Mal vertrösten lassen, es waren einfach wonnige

Stunden mit ihm. Mehr als nur der – entschuldige. Es war ein loderndes Feuer, bis es auf einen Schlag brutal erstickt wurde. Am Schaumainkai. Anfang März an einem milden Sonntagnachmittag. Sie kamen mir entgegen. Ein glückliches Paar. Seine Frau hatte sich bei ihm untergehakt.

— Kanntest du sie denn?

— Nein, ich hatte einmal in seiner Brieftasche ein Photo von ihr gesehen. Aber ich hätte sie auch so erkannt. Er führte einen jungen Boxer an der Leine. Von dem wusste ich bis dahin nichts. Es war zu spät, auszuweichen oder kehrtzumachen. Anstatt einfach an mir vorbeizugehen, was ich verstanden und ihm verziehen hätte, ein Augenzwinkern hätte genügt, winkte er mir zu und stellte uns einander vor. Und das erste Wort, das er sagte, war wirklich »Hilda!« – »Hilda, – das ist Fräulein eh' –«, er zögerte einen winzigen Augenblick, als hätte er meinen Familiennamen vergessen – »Wolff, meine begabteste Studentin, Fräulein Elsa Wolff.« Warum ist er nicht einfach vorübergegangen? Hatte er wirklich Angst, dass ich ihn zur Rede stelle! Was weiß ich! Wir hätten uns zunicken können, vielleicht etwas ungelenk und verlegen und dann rasch weitergehen. Wir waren doch geübt im Heimlichsein. Hilda hat mich nur freundlich angesehen. »Er hat Sie noch nie erwähnt«, sagte sie und lächelte – ich war für einen Moment fast erleichtert, dass sie mich direkt ansprach. Sie war eine attraktive Frau, etwa in seinem Alter. Sie trug eine getönte Brille und einen chiquen Hosenanzug in Bordeaux, sehr figurbetont. Ich habe kein Wort herausbekommen. Ich wollte nichts wie weg und blieb wie angewurzelt stehen. Mit lächerlichen Bemerkungen über den herumtollenden »Buster« hoffte dieser schreckliche Mann von dem peinlichen Zusammentreffen abzulenken. »Sie wissen, dass mein Mann das Museum verlässt?«, hörte ich plötzlich Hilda sagen. »Hilda, bitte« – fiel er ihr ins Wort. Ich habe meinen Ohren nicht getraut. Da sprang dieser Hund an mir hoch und hätte mich fast umgeworfen – »Mein Mann hat vor zwei Wochen einen Ruf nach Kalifornien erhalten. Im Herbst brechen wir hier unsere Zelte ab«, sagte sie stolz, »aber im Sommersemester ist er ja noch hier.« – Vor zwei Tagen hatten wir noch miteinander geschlafen! Mir war, als wäre ich von einem sonnigen Fleck plötzlich in einen kalten Tunnel gestoßen worden. Mit zwei, drei Sätzen stürzte unser vermeintliches Glück wie ein Kartenhaus zusammen. »Und der Hund?«, war alles, was ich herausbrachte. »Es ist noch nicht offiziell!«, rief er und ließ sich mit einem lauten »Buster! Buster!« von seinem Hund wegzerren.

— Glaubst du denn, er hätte es dir nicht selbst gesagt?
— Von dieser Not hat Hilda ihn befreit. Ohne es zu ahnen.
— Wer weiß.
— Nein, sie wusste nichts, das hat er mir versichert.
— Du hättest ihm alles geglaubt. Du warst verliebt, »verknallt« sagst du, vergiss' das nicht.
— Trotzdem konnte ich mir ein Bild von ihm machen, widersprach Elsa, von seinem Charakter, wir waren uns nahe. Ich kannte ihn!

— Nein, du kanntest ihn nicht. Wenn man verliebt ist, will man den andern anschauen, man will ihn haben und man will angeschaut werden. – Alles ist blinde Nähe oder Sehnsucht nach Nähe. Aber urteilen kann man nicht. Dazu braucht man einen gewissen Abstand. Hast du ihm je eine Frist gesetzt?

— Nein – irgendwann habe ich nicht mehr daran geglaubt. Es war mir fast egal, solange ich nur für einige Stunden mit ihm zusammen sein konnte.

— Sie hatten keine Kinder?

— Sie konnte keine bekommen – hat er gesagt.

— War Hilda nur Hausfrau oder hatte sie einen Beruf?

— Sie war Journalistin, »Wissenschaftsjournalistin«. Er sagte das immer mit einem gewissen Stolz. Ich habe später gedacht, was wohl passiert wäre, wenn ich mich am Schaumainkai bei Hilda nach dem Befinden ihrer Mutter erkundigt hätte? Aber so etwas fällt einem viel zu spät ein.

— Was hättest du damit erreicht?

— Dass sie es von mir erfährt. – Ich glaube, sie weiß es bis heute nicht.

Pauline griff nach Elsas Hand.

— Und selbst wenn – wäre seine Blamage für dich eine Genugtuung? Das würde, glaube ich, nicht zu dir passen. – Habt ihr euch noch einmal gesehen?

— Ja, einige Tage später. Er hat mich angerufen und ein unsägliches Lokal vorgeschlagen, er wollte nicht gesehen werden. Ich bestand auf dem Café Laumer, die Schonzeit war vorbei, dort verkehrten Bekannte und Freunde von ihm. Ich hatte mir vorgenommen, auf keinen Fall laut zu werden. Das ist mir auch gelungen. »Wie schön, dass Uli von Circes Insel wieder losgekommen ist und er jetzt seine Penelope beglücken kann«, habe ich ihm gesagt. Er hat mich nur angestarrt und kein Wort verstanden. Spätestens da wusste ich, dass er die erste Strophe des Amrum-Gedichts nur wie eine wohlfeile Lockung auswendig gelernt und schon längst wieder vergessen hatte. »Und was für ein Glück, dass du deine betrogene Hilda hast schonen können!« – »Werde jetzt bitte nicht sarkastisch!«, empörte er sich. »Das ist wohl das Mindeste! Du liebst deine Steine mehr als mich –«, rief ich, da korrigierte er mich mit einem unverzeihlichen »Mineralien«. Ich habe ihn einfach sitzen lassen – nein! Ich habe ihm noch gesagt, dass er mir unter keinen Umständen mehr schreiben soll. »Versprochen«, hat er mir mit matter Stimme zugeraunt. – Ach, Pauline, seufzte Elsa – ich bin immer noch verrückt nach ihm.

— Ich lass mal ein bisschen Luft rein, sagte Pauline. Wo warst du denn in England?
— In London hatte ich einen Ferienjob bei Siemens. Als »switch girl« sollte ich die ein- und ausgehenden Telefonate mit farblich markierten Kabeln zu den jeweiligen Abteilungen durchstecken. Schon nach ein paar Stunden war das Chaos komplett. Ich kam mir vor wie in einem Jerry-Lewis-Film–
— Jerry wer?
— Du kennst Jerry Lewis nicht?! Den Komiker, den

hektischen Tölpel, der alles durcheinanderbringt, der immer–

— Tut mir leid, Elsa, nein. Ich mochte nur einen Komiker. Der war aber keiner, so ernst hat er dreingeblickt. Ist lange her. Aber erzähl doch weiter.

— Ich musste ständig nachfragen, auch weil mir der spezielle Tonfall der Engländer einfach nicht vertraut war. Das Schlimmste aber war wohl, dass ich mich wiederholt mit »Siemens United *Un*limited« gemeldet habe, wohl in der Annahme, *United* und *Unlimited* gehörten irgendwie zusammen. Ich war über die sarkastischen Lacher und Ausrufe am anderen Ende der Leitung irritiert, weil ich meinen eigenen Fauxpas gar nicht bemerkte. Schon am nächsten Tag erschien eine höhere Charge und komplimentierte mich vom Switchboard zu einem Nasskopierer, ein nigelnagelneues Gerät. Die schlierigen Photokopien sahen aus, als hätte man sie aus dem Wasser gefischt. Es hat nicht lange gedauert und ich habe mit meinen zwei linken Händen auch diese Maschine kaputt gemacht. Am Ende meiner Siemenstage schob ich den Teewagen mit Milch, Tee und Gebäck durch die langen Flure des Büros.

Nach zwei Wochen Siemens wollte ich nichts wie raus aus dieser riesigen Stadt. Auf meinem Weg zur Arbeit bin ich jeden Tag an einem Plakat für eine Kunstausstellung vorbeigekommen. *Salt Marsh* hieß das Bild. Es war eigentlich nicht spektakulär. Ein Bootsskelett lag als Strandgut auf einem Stück Marschland, im Hintergrund dräuten schwarze Wolken über dem weiten Meer. Der Künstler hieß Eric Ravilious. Als ich seine Bilder zum ersten Mal sah, war mir, als hätte ich endlich gefunden, wonach ich nie bewusst gesucht hatte. Ich wollte unbedingt die Landschaften sehen, die Ravilious gemalt hatte. Sie sind durchsichtig und zum Greifen nah. Der kleine Katalog wurde mein Reiseführer. Als Erstes bin ich nach Westbury zum White Horse gefahren. Dort ist der riesige Umriss eines Pferdes in einen grasüberwachsenen Kreidehügel geschabt. Ich konnte es kaum fassen, als diese Pferdegestalt wie eine Fata Morgana am Zugfenster vorüberglitt! So bin ich seinen Bildern nachgereist. Zu den South Downs, und zum Leuchtturm von Belle Tout. Der Blick auf die Kreideklippen – himmlisch! Mehr habe ich von England eigentlich nicht gesehen, ich wollte auch gar nicht mehr sehen.

— Und sonst hast du in diesen Wochen nichts erlebt? Das klingt ja sehr frugal. Ich kann's kaum glauben.

— Einen Straßenmusikanten habe ich kennengelernt. Rodney – Rodney O'Shaugness aus Cork –, er war wirklich der rothaarige Ire mit Sommersprossen, wie aus dem Bilderbuch. Wie der lachte! Er war immer auf Achse, spielte Akkordeon und sang dazu. Der hat mir gefallen. Schöne Hände hatte der. Ich habe ein Photo von ihm gemacht. Seine Adresse habe ich leider verloren. – Und Saskia, Saskia Twyn – eine Weberin, sie sprach ein wenig deutsch, war zwei, drei Jahre älter als ich. Ich habe sie in ihrer Werkstatt in Kent besucht. Sie konnte wunderbar über Fäden und Knäuel, über Entwirren und Knüpfen,

Flechten und Schlaufenmachen sprechen. Sie hat mir die flinken Handgriffe an ihrem Webstuhl gezeigt und die Geduld betont, die man dafür braucht. Ich hatte fast den Eindruck, ihr beim Denken zusehen zu können. Ich meine, so wie verschiedenfarbige Fäden zu einem Muster, lassen sich Gedanken zu Worten verweben, verstehst du?
— Nicht ganz, aber erzähl weiter.
 — »One after the other«, sagte Saskia und nahm die Fäden derart geschickt zwischen ihre Finger, dass ich sie bat, mir alles noch einmal zu zeigen. »Es ist keine Zauberei«, sagte sie, »it's all patience and training.« Am letzten Tag habe ich ihr meine Geschichte erzählt. Manchmal denke ich, ihre Weberinnenhände haben sie mir entlockt. Zum Abschied hat sie mir einen hauchdünnen Shawl geschenkt.
— Diese Saskia musst du dir erhalten, Elsa!
— Wir wollen uns schreiben. Ich–

Elsa schwieg, sie seufzte.
— Woran denkst du?
— Als ich aus England zurückkam, lag eine Karte von ihm in meiner Post.
— Das hast du dir selbst eingebrockt, schließlich hast du es ihm ja verboten!
— Es war die zweite Strophe unseres Gedichts. Wie ein Streber hatte er sie abgeschrieben. – Ich habe die Karte zerrissen.
— Ich nehme an, du hast sie noch?

— Ja.– Pauline, wie kann ich–?
— Es gibt kein Allheilmittel.
— Wie den Honig – sagte Elsa leise.
— Es gibt keinen Trost, vielleicht nur einen mühevollen, langen Weg. Es kommt darauf an, einen Gesprächspartner zu finden. Das kann man nicht erzwingen. Wachsam und geistesgegenwärtig sein. Wenn du auf so jemanden stößt, kann sich etwas herausbilden, das dich, das beide festigt. – Da helfen keine Spruchweisheiten, die am allerwenigsten. Das Abenteuer ist nicht der glückliche, alles verzehrende Augenblick des Verliebtseins.
— Sondern?
— Das, was danach kommt.
— Schwacher Trost, sagte Elsa.
— Du hast doch ein Ohr für Gedichte?
— Ja, schon. – Genau damit hat er mich betrogen. – Wer war der Komiker, den du so gerne gesehen hast?
— Keaton.
— Auf mich wirkt er tragisch, sagte Elsa.
— Eben.

Der matte Luftzug vermochte kaum die Vorhänge zu blähen und brachte keine Erleichterung. Im späten Mittagslicht lag die wässrige Linie des blauen Waldsaums als eine zitternde Welle in der Luft.

— Lass uns in den Garten gehen, ich wollte noch Tomaten und Schnittlauch holen.

Sie gingen die dunkle Stiege hinab und traten in das helle Licht. Eine Amsel flog schäkernd aus dem Weinspalier. Der Weg zu den Gemüsebeeten war mit Solnhofner Platten belegt. In der Obstwiese waren einige Frühäpfel schon vom Baum gefallen und leuchteten als helle Flecke im Gras.

Am Ende des ausgedehnten Gartens lagen in der Wiese die Latten eines morschen Zauns gestapelt. Der Gärtner trieb frisch geschälte, dünne Pflöcke ins Erdreich. Er blickte kurz auf, winkte den beiden Frauen zu und setzte seine Arbeit fort.

— Erwin ist der Einzige, den ich hier noch von früher kenne, Erwin Maderholtz. Wir wurden zusammen konfirmiert. Im Krieg, im ersten, war er Sanitäter. Gärtnern lernte er bei meinem Onkel. Er kann schlichtweg alles. Ich habe ihm die Zeichnung von einem Weiden-

zaun gezeigt, den Max und ich bei den Ewenki in Sibirien gesehen haben. Der Zaun flicht sich selbst, wenn man die Pflöcke im richtigen Abstand setzt und die Weidenreiser sich anschmiegen lässt und gelegentlich beschneidet.
— Die ›Ewenki‹?
— Ein Volk in Sibiren.
— Wann wart ihr dort?
— Long ago! Wie dem auch sei, Erwin wollte es einmal ausprobieren.

Pauline ging zu den hochrankenden Tomatenstauden und pflückte einige reife Früchte. Elsa legte sie in ein Körbchen. Nachdem sie am Kräuterbeet waren, machte Pauline noch einmal kehrt und ging auf den schmalen Brettern zwischen den Beeten zu einer schattigen Ecke unter der großen Kastanie.
— Magst du Rhabarberkompott?, fragte sie und machte sich an den Stauden zu schaffen. – Blätter wie Elefantenohren und Stiele wie Flamingos – als Kind habe ich davor immer ein bisschen Angst gehabt, lachte sie.
— Ja, sagte Elsa geistesabwesend und blieb nachdenklich stehen. – Pauline, ich glaube, wir meinen nicht das Gleiche mit dem, wie sagst du, Gesprächspartner?
Pauline stutzte. — Lass uns hier in den Schatten setzen.
— Ich habe ja nicht nur einen Gesprächspartner verloren, sondern viel schlimmer, ich zweifle plötzlich, ob ich je einen hatte. Der Uli hat die Leidenschaft, die Hitze einfach kaltgemacht. Eiszeit. Als wäre die Art, wie wir miteinander geredet haben und alles, was wir dabei für

uns entdeckt haben, nichts mehr wert. Ratzfatz! Wir hatten einen geheimen Code, nur für uns beide. Niemand konnte uns den wegnehmen. So etwas ist kostbar, es ist eine eigene Sprache.

Pauline war von Elsas Heftigkeit überrascht, sie klappte das Gartenmesser zu und wischte sich die Erde von den Händen. Sie dachte nach.
— Ich verstehe, was du meinst. Das ist bitter und sicher auch – sie verstummte plötzlich und deutete zum Himmel. Ein Kondensstreifen zerteilte immer höher drängend das wolkenlose Blau. Dieser akkurat gezogene Kreidestrich franste rasch nach unten aus und zerfiel zu blassgrauen Wolkenbröckchen.
— Nein, wie seltsam!, murmelte Pauline. Die Basaltfigur! Dieses Oval mit seinen Rippen, es hat die gleiche Farbe und Form.

Sie zeigte auf das untere Ende des Streifens, der sich über der großen Linde zu einer primitiven Gestalt verteilte. Sie konnte sich von dem Anblick nicht losreißen.
— Was sagst du da? Elsa blickte auf Pauline, doch diese schien sie fast vergessen zu haben.
— Dieses Oval – Pauline deutete auf das Ende des Kondensstreifens – ist exakt wie eine in den Fels gehauene Gestalt. 1910 war ich mit Max am Amur, und dort, in den Bergen von Sikachi-Alyan wurde uns eine solche Figur gezeigt. Wir waren überwältigt. Die Einheimischen sagten, sie sei uralt. Wir haben davon auf sehr dickem Papier eine Abreibung gemacht. Es ist ja fast eine Skulp-

tur, wie diese kleinen Wolken da oben … Oh, jetzt sind sie zerstoben!

Mit einem Seufzer kehrte sie in die gemeinsame Gegenwart mit Elsa zurück.

— Woher kannte Max diesen Ort am Amur?

— Sein Vetter, Arnold Henry war Ende des letzten Jahrhunderts nach Tibet gereist, dort gefangen genommen, gefoltert und wieder freigelassen worden. Kaum war er wieder frei, hat er ein Buch darüber geschrieben. Er hatte Max ein Idol aus der Gegend des Amur mitgebracht, obwohl dieses Gebiet gar nicht auf seiner Route lag. Ich weiß nicht, wie er diese Kultfigur erworben hatte.

— Und was war es?

— Das Idol? Es war ein etwa handgroßer, aufrecht stehender Fuchs, der hölzerne Körper war am Bauch mit Fell überzogen, das Gesicht aber war nackt und, wie die Pfoten, aus Eisen geformt. Auf den Rücken waren Vögel gemalt. Ein fabelhaftes Kunstwerk. Sehr stilisiert. Ich glaube, dieser Talisman hat Max endgültig von seinem vorgezeichneten Weg abgebracht.

— War er nicht Pelzhändler?

— Nur in seinen jungen Jahren und nur der Form halber. Händler zu sein, half ihm wegzukommen, weg von seiner Mutter. Mir gegenüber nannte er Evelyn immer »Ivy mother« – »Efeumutter«, ihr Würgegriff machte ihm lange Jahre sehr zu schaffen. Er war ihr einziges Kind. Die ausgedehnten Reisen mit seinem Onkel und das Eintauchen in fremde Welten waren sein »Trick«, wie er sagte,

von ihr loszukommen. Bald wurde aus dem Reisenden ein Sammler, ein ›Connaisseur‹ sagte man damals.
— Sammler von was?
— Masken und kleinen Idolen.
— Und warum gerade Masken?
— Das habe ich ihn auch einmal gefragt. Er sagte, und ich kann mich an jedes Wort erinnern: »Weil das Übernatürliche darin zugleich sichtbar und unnahbar wird.«
Elsa wiederholte den Satz für sich.
— Und du warst dabei! Wann zum ersten Mal?
— 1903 waren wir zum ersten Mal auf Reisen.
— Da warst du gerade mal einundzwanzig. – Und warum Innerasien?
— Das kannte er von den Reisen mit seinem Onkel Maxim.
— Wenn Max Sammler war, dann war er vermutlich auch Jäger?
— Seltene Vögel – das konnte ich ihm nicht austreiben. – Das Fernweh steckte in ihm wie eine lebenslange Krankheit. Damit hat er mich angesteckt.
— Aber wie kamst du überhaupt ins Spiel?
Pauline lachte. — »Ins Spiel!«
— Wo habt ihr euch kennengelernt – doch wohl nicht auf Reisen?
— Nein, hier, in Treuchtlingen.
— Hier?
— Max hatte eine plausible Erklärung: Er wollte die Gegend erkunden für seine »Naturbilder«. Die machte er für die Firma der Brüder Lumière in Lyon.

— War das sein Metier?

— Max war technisch sehr geschickt, und er hatte ein gutes Auge. Später erklärte er, es sei nur ein Steckenpferd gewesen.

— Hast du diese »Naturbilder« selbst einmal gesehen?

— Ja, in Nürnberg, auf unserer Reise nach Bremerhaven, als er mich zum Auswandererschiff begleitete.

— Und die weniger plausible Erklärung?

— Die Vorsehung.

— Wie bitte?

— Sie lässt sich genauso wenig beeinflussen wie die Schwerkraft.

— Das klingt fatalistisch.

— Es gab auch einen sehr naheliegenden Grund, doch der ist mir erst sehr viel später aufgegangen. Es war eine archaische Maske, die man in der Nähe von Treuchtlingen gefunden hatte. – Weißt du, wenn ich es recht sehe, hatte ich großes Glück. Und das habe ich gespürt, als ich ihm zum ersten Mal in die Augen gesehen, nein, als ich seine Stimme direkt hinter mir gehört habe. Das war – sie brach ab, weil der Gärtner näher kam.

— Meinst du, der Zaun wird fest zusammenwachsen, Erwin?

— Ich bin gespannt, sagte der Gärtner. Er hob seinen Holzschäler hoch. – Muss ich nachwetzen. Vielleicht sollte ich die Pflöcke seitlich abstützen. Auf deiner Zeichnung sehe ich keine. –

Er zog ein kleines kariertes Blatt aus seiner Schürzentasche. Er hatte den Plan aus Paulines Reisejournal abgezeichnet.

— Ja, du hast recht. Die Ewenki sind Nomaden, da muss so ein Zaun nicht ewig halten. Erwin, entschuldige, das ist Elsa, die gestern Abend zu Besuch gekommen ist.

Maderholtz verstaute den Zettel und legte den Holzschäler auf die Bank.

— Grüß Gott! – Elsa spürte seine raue Hand wie schwebend in der ihren. – Elsa! Jetzt erinnere ich mich an das junge Fräulein! Ich hätte Sie aber nicht wiedererkannt. Einmal habe ich Sie mit einer Leiter vom Baum geholt. Sie waren der Mimi nachgeklettert und haben sich dann nicht mehr heruntergetraut. Da war die Katze schon wieder auf dem Boden.

— Oh mein Gott, stimmt!, rief Elsa, als müsste sie sich nach so langer Zeit noch entschuldigen.

— Ist ja alles gut gegangen, sagte Maderholtz. Er tippte sich an die Krempe seiner Mütze, nahm das Messer und ging weiter. — Habedieehre.

Pauline war aufgestanden.

— Lass uns wieder nach oben gehen.

— Ich komme gleich nach, sagte Elsa, ich will mir noch ein paar Äpfel aufklauben.

— Vielleicht war es ja nur Hilflosigkeit, dass dir dieser Uli noch einmal geschrieben hat. Aus Sentimentalität. Gewiss, es ist kränkend, mit diesem Gedicht–
— Hast du selbst schon einmal so etwas erlebt?
— Ob ich selbst, ich habe, nein – nein, ich. Max war mir gewiss manchmal untreu, aber treulos war er nie.
— Das versteh ich nicht.
— Es klingt frivol. Während einer Zugfahrt im Winter 1913, von Stockholm nach Göteborg, eine hinreißende Strecke, als würde man über das Fell eines riesigen Eisbären fahren, ich konnte mich gar nicht sattsehen und starrte unentwegt in die schneeverwirbelte Landschaft. Da störte Max mein Hinausschauen. Er zwickte mich ins Knie – was ich überhaupt nicht leiden kann! – und blickte von seinem Buch auf: »Hör mal! ›Ein Seitensprung führt stets zum Weg zurück!‹ – Maupassant!«

Im Coupé saß noch ein Geistlicher, der war eingenickt. Vielleicht hätte dem die theologische Seite der Reue gefallen, ich habe ihn aber nicht geweckt.
— Ein Wortspiel – als wär's ein physikalisches Gesetz, sagte Elsa lakonisch. Wollte er sich damit aus der Affäre ziehen? Mit einem Zitat?
— Ja, »aus der Affäre« – ich war empört, und ich musste

lachen. Er hatte damit einen gar nicht so weit zurückliegenden Seitensprung zugegeben. Wie es seine Art war, gab er keine Ruhe, sondern meinte, meine Verblüffung auskostend, das sei doch wie bei der Quadrille, wo man en passant den Partner wechselt. Und weil er's nicht lassen konnte, setzte er noch eins drauf: »Es teilen und es schließen sich die Reihen.« – »Sei still!«, habe ich ihn angezischt, als müssten wir auf den schlafenden Pfarrer Rücksicht nehmen, tatsächlich hat mich seine Frechheit verletzt, und er hatte mir die schöne Aussicht verdorben.
— Solltest du den Satz als eine Lizenz zum Seitensprung verstehen?
— Gut möglich. Er glaubte vermutlich, Maupassant würde ihn entlasten. Ausgerechnet Maupassant! Dieser banale und dumpfe Schreiberling, dieser Verrückte, der dachte, sein Körper sei voller Juwelen und der deshalb seine Notdurft nicht verrichten wollte!
— Woher kennst du Maupassant so gut?
— Max hat ihn viel gelesen. Ich fühlte mich beim Lesen manchmal wie entblößt. Irgendwann wurde er mir unheimlich, dann wollte ich mehr über ihn herausfinden.
— Ist das häufiger vorgekommen?
— Maxens Art, sich mit Literatur zu tarnen?
— Nein – die Seitensprünge!
— Wir wurden nur wenige Male auf die Probe gestellt. – Du entschuldigst mich bitte einen Augenblick.

Das Ticken der Kaminuhr im Salon wurde lauter.

Jetzt fiel Elsa das Rückert-Gedicht wieder ein. Murmelnd tastete sie sich durch den Wortlaut. *Manches hab ich wohl empfunden ... als es lebend vor mir stand ... doch den rechten Sinn gefunden ... erst als ich die Worte fand ... Darum auch ist Welterhellung* – wie ein Blinder, der ein Hindernis ahnt, hielt sie inne und wiederholte zweifelnd ›Welt-Erhellung?‹, dann hatte sie das Wort: ›Weltverklärung!‹; der Schluss ging ihr mühelos von den Lippen: *Poesie, dein Zauberstrahl,/ Weil ich ohne dein' Erklärung/ Nicht mich selbst verständ' einmal.*

— Es ist sehr schwül heute, sagte Pauline, die mit einem Fächer wedelnd zurückkam. Du hast vorhin deinen Vater erwähnt, der euch verlassen hat, als du noch klein warst. Marie schrieb mir damals, als sie sich nach einem Ferienplatz für dich erkundigte, er sei angeblich »aus ideologischen Gründen« in die DDR übergesiedelt.

— Ja, das war die Formel, die meine Mutter immer gebraucht hatte.

— Stimmte das nicht?

— Es war weniger als die halbe Wahrheit. Er ist im

letzten Sommer an Herzversagen gestorben, einige Wochen davor hatte ich ihn noch in Potsdam besucht.
— Wie kam es denn zu dieser Reise? Hast du–
— Er hatte mir zum ersten Mal zu meinem Geburtstag Ende Januar etwas wirklich Persönliches geschrieben. »Wie es Dir wohl jetzt gehen mag, mein Elschen? Wir haben uns so lange nicht gesehen.« Als ich meiner Mutter die Ansichtskarte von der Orangerie des Neuen Gartens in Potsdam – die Sphinx und die dunklen Nubierstatuen – zeigte, brach es aus ihr heraus: »Diese Sphinx wird sich bestimmt nicht in den Abgrund stürzen, wenn er dir das Rätsel verrät, warum er 1953 Hals über Kopf nach drüben gegangen ist und uns hat sitzen lassen. Fahr doch zu ihm, dann kann er es dir selbst erzählen.« Es hat ein paar Monate gedauert, dann hatte ich die Genehmigung.
— Und er?
— Hat sich riesig gefreut. Zwei Wochen lang sind wir jeden Tag durch den feuchtgrünen Dschungel des Havellands gewandert, und zum ersten Mal war er für mich kein fremder Mann mehr. Das Bild, das ich bis dahin von ihm hatte – ich war gerade mal sieben, als er von zu Hause fort ist – löste sich in Nichts auf. Er beschrieb mir seinen »Irrweg«. Jetzt konnte ich zumindest nachvollziehen, warum er ausgerechnet einige Wochen nach dem 17. Juni 53 übergesiedelt war. Er hatte als junger Kommunist von 1930 bis 1932 in Moskau Agronomie studiert und sich in einen deutschen Kommilitonen, Nils, verliebt. Die Verbindung zwischen den beiden ist nie abge-

rissen, auch während der Hitlerjahre nicht. Mein Vater war nach Deutschland zurückgekehrt und hatte in einer landwirtschaftlichen Versuchsanstalt des Reichsnährstandes »überwintert« – so sagte er. Mit dem Freund, der in der Sowjetunion geblieben war und überlebt hatte, hielt er auf abenteuerliche Weise über eine Bekannte in Stockholm Kontakt. Sie benahmen sich wie Spione, dabei drehte sich alles nur um ihre heimliche Liebe. Sie schrieben sich perfekt getarnte Liebesbriefe. Während der Hitlerzeit hatten sie in elegische Naturbeschreibungen und banale Alltagsgeschichten einen wasserdichten Code aus deutschen und russischen Gedichten eingewoben, den selbst ein Zensor für poetische Schwärmerei halten musste. Nach dem Krieg tauschten sie die Folie aus und bogen das sozialistische Vokabular für ihre Zwecke zurecht. Wenn von Pflanzerfolgen, Ernteerwartungen und Leistungssteigerungen, Kampf gegen den Klassenfeind und so weiter die Rede war, ging es immer nur um ihre unversiegbare Leidenschaft füreinander. Als Nils nach der Kapitulation mit der *Gruppe Ulbricht* nach Ost-Berlin kam, machte er schnell Karriere, und die beiden hatten endlich Gelegenheit sich wiederzusehen, auch wenn es immer noch riskant war. Homosexualität war ja in beiden ›Lagern‹ – dieses Wort! – verpönt. Nach dem Juni-Aufstand von 1953 wurde meinem Vater eine Stelle als Agronom in Nils' Behörde bei Peeskow angeboten. – Nils sagte meinem Vater, es sei wirklich ein Volksaufstand gewesen, aber er habe auch in den Straßen wieder die Femegesichter gesehen, die ihm schon 1933

Angst vor dem ›Volk‹ gemacht hatten. – Rücksichtslos wie nur ein Liebender es vermag, hat mein Vater dieses Angebot angenommen.

Der zweite Frühling mit seinem Nils war bald verflogen. Vielleicht weil die virtuos betriebene Heimlichtuerei ihren Reiz eingebüßt hatte. Mit der Trennung von Nils verlor mein Vater auch seinen Rückhalt in der Behörde und in der Partei. Er vereinsamte, wollte aber aus Scham nicht zurück in den Westen.

Das Nachsehen hatte meine Mutter, sie wollte auf keinen Fall mit nach drüben. Wie es um ihre Ehe bestellt war, kann ich nur ahnen. Als ich nach meinem Besuch von ihr wissen wollte, ob sie seine Geschichte kenne, behauptete sie, ihr sei nie etwas aufgefallen. Selbst als sie nach Vaters Flucht – und das war es ja – zufällig einen ziemlich eindeutigen Brief von Nils entdeckte, will sie über diese »Sprachschablonen« nur gelacht haben. Heute denke ich, dass sie mir gegenüber ihre Schmach verbergen wollte. Das kann man ja verstehen.

Und dein Studium, Elsa?
— Aufregend, nebenher arbeite ich im Archiv der Zoologischen Sammlung.
— Aber?
— Vor einigen Tagen waren zwei Besucher da, aus Bristol. Ozeanographen. Sie wollten Glasnegative sehen.
— Große Platten?
— 18 mal 24. Von einer deutschen Tiefsee-Expedition um die Jahrhundertwende. Ich war sehr aufgeregt, ich konnte mich überhaupt nicht konzentrieren. Zwei Platten hafteten so fest aneinander, dass eine gesprungen ist, als ich sie voneinander lösen wollte. Mittendurch. Ich hätte–
— Gibt es davon einen Abzug?
— Wir haben keinen.
— Was war denn darauf zu sehen?
— Ein Albatros, nein, ein Matrose, der den gefangenen Vogel über das Deck vor die Kamera zerrt. Er drückt das Tier auf die Planken, er quält es. Im Hintergrund sitzt der Kapitän, umringt von vornehm gekleideten Frauen in schwarzen, ich meine, weißen Kostümen – es ist ja das Negativ –, vermutlich die Ehefrauen und Angestellten der deutschen Kolonisten und Missionare. Sie amü-

sieren sich. Und hinter den Herrschaften eine johlende Mannschaft. Mit Forschung hat das wohl nichts zu tun, aber der Photograph hat sich trotzdem die Mühe gemacht, die Szene festzuhalten. *Dar-es-Saalam 19. März 1899* stand auf der Schachtel.

Pauline nahm ein kleines gerahmtes Photo von der Wand; hinter dem trüben Glas war die Szene schwer zu erkennen.
— Tierquälerei ist unausrottbar. Hier stehe ich mit fünf Jahren. Die Jäger haben mich neben eine erlegte Sau und ein halbes Dutzend Frischlinge gestellt und das Ganze photographiert. Die Treiber lachen. Den Jungtieren haben sie noch Tannenreiser ins Maul gestopft. Es sind diese Späße, die einem Angst machen. Ich habe einmal diese Vögel gesehen–
— Den Albatros, wo?!
— Vor der Küste der Kamtschatka, das war 1913.
— Du warst auf Kamtschatka?!
— Ja, mit Max. In Petropawlowsk. Dort zogen Albatrosse über unser Schiff hinweg. Das Meer war sehr rau, aber diese Riesenvögel machten sich fast einen Spaß daraus, unglaubliche Schleifen und Schlaufen zwischen dem Himmel und den hohen Wogen zu ziehen. Fast ohne einen Flügelschlag schraubten sie sich pfeilschnell in die Höhe, dann stürzten sie wie verlangsamt in riesigen Spiralen tief zu den Wellenkämmen hinunter. Mir wurde beim Zusehen ganz schwindlig. Man kommt sich ja schon schrecklich unbeholfen vor, wenn man den Vö-

geln beim Fliegen zusieht, aber diese Kür war atemberaubend. Als würden sie nicht nur uns, sondern auch allen anderen Vögeln zeigen, wie man gleitet und segelt, ohne mit den Flügeln zu schlagen. »Sie können den Wind wie eine Fährte lesen«, sagen die Chilcotin-Indianer. »Sie schwimmen mit dem Wind.« Sie spielen mit der Schwerkraft, sie schrauben sich in den Wind hinein, und der trägt sie durch Höhen und Tiefen. Als würde man einem Traum zusehen. Du kennst das Gedicht von Baudelaire, wo er sagt, die Matrosen würden sich mit dem Fangen von Albatrossen die Zeit vertreiben –

— Ja, das kenne ich. Aber Zeitvertreib ist ein bitteres Wort, unterbrach sie Elsa. Die Matrosen auf meiner Photographie lachen verbissen.

— Wenn die Wanderalbatrosse so unbeschwert dahinsegeln, kommt Neid auf, böser, giftiger Neid. Offenbar gibt es Menschen, die den Anblick dieser Schwerelosigkeit nicht ertragen können.

— Der Photograph wurde bestimmt nicht gezwungen, die Szene festzuhalten, sagte Elsa. Sein Akt verlängert die Gewalt, die dem Tier angetan wurde. Er ist ein Komplize der Matrosen, vielleicht hat er sie sogar angestiftet. Zeitvertreib! Nach gut sechzig Jahren wird dieses Glasnegativ von mir aus dem Schrank geholt und zerbricht mir unter den Händen!

— Dein ungeschickter Griff ist ein später Protest gegen dieses scheußliche Spiel, so seh ich das. Mit dem Sprung im Glas ist dieses zersprungene Bild jetzt für immer auch *deine* Photographie.

Elsa lachte. — Das wäre in der Zoologischen Sammlung nicht gut angekommen.

Elsa trat an die Kaminuhr, die sie einmal als Kind auf einem Stuhl stehend hatte aufziehen dürfen. Sie erinnerte sich an den Schreck, als Pauline das vergoldete Zifferblatt aufklappte und das Skelett des Räderwerks zu sehen war. Außer dem Zifferblatt öffnete sie auch den bis zum Boden reichenden Kasten, in dem das Perpendikel hin und her schwang. Im Zimmer war es so still wie im Schlaf. Wie zur Probe hatte Pauline das Schlagwerk wieder in Gang gesetzt. Sein heller Klang wurde mit einem Rasseln angekündigt und hallte lange nach.

Der Raum selbst war Elsa, wie ihr erst jetzt auffiel, nur lückenhaft im Gedächtnis geblieben. Sie blickte auf die Kastanie vor dem Fenster, und wie ein Diapositiv schob sich ein Erinnerungsbild vor ihre Augen: Damals war Winter gewesen, glitzernde Schlangen aus Schnee kauerten auf den Ästen.

— Von diesem Malheur mit den Glasplatten einmal abgesehen, macht dir die Arbeit doch Freude? – Elsa!?

Elsa hatte für einen Augenblick die Orientierung verloren, der Blick auf die große Standuhr und die hartnäckige Erinnerung an den Winter hatten sie verwirrt.
— Freude? – Was?
— Ob dir die Arbeit im Museum–?
— Ja, stell dir vor, kurz vor meiner Englandreise habe ich eher zufällig in der Schmetterlingsabteilung, in einem Papierkorb, einen Haufen Zettel entdeckt. In diesen Papierhüllen, das habe ich später herausbekommen, waren jahrzehntelang zigtausend Schmetterlinge aus Kolumbien aufbewahrt worden, jeder in einem eigenen Briefchen. Die Tiere werden in ihrer Sterbehaltung aufbewahrt. Elsa klappte ihre Hände auseinander und faltete sie wie zum Gebet. Aus diesen kleinen Kuverts – Telegramme! Zeitungsausrisse! Zerschnittene Briefe! Romanseiten! – lassen sich die abwegigen Fährten der Jagden des Sammlers nachverfolgen.
— Aber warum soll das Museum leere Verpackungen aufheben?
— Der Sammler, Arnold Schultze hieß er, hat wenig Persönliches hinterlassen; er hat in kurzer Zeit zwei

naturkundliche Sammlungen verloren. Die eine wurde vor seinen Augen im Atlantik versenkt, die andere ist ohne ihn nach Deutschland verschifft worden. Er ist in der Fremde gestorben und konnte seine eigenen Sammlungen nicht mehr erfassen.

— Was interessiert dich an ihm so brennend?

Elsa zögerte.

— Die Vergeblichkeit. Dass er die Kraft hatte, trotz dieser Niederlagen nicht zu verzweifeln.

— Aber diese Zettel sind doch ohne die Schmetterlinge reine Verpackung!

— Nein, das sind sie nicht. Einerseits sind es tatsächlich x-biebige Zettel, andererseits hat Schultze winzige Hinweise darauf gekritzelt – das Datum, den Namen seiner Beute und so weiter, um sie später einmal zu bestimmen. Für mich sind diese Briefchen Spielkarten für ein Spiel, dessen Regeln verloren gegangen sind. Ein Puzzle, das mir ein bisher unbekanntes Bild von ihm liefert.

— Gut, ich verstehe, dass man auch diesen chaotischen Spuren nachgehen will, aber mal anders herum gefragt: Sind diese Schmetterlinge, also das, was da eingetütet war, sehr selten?

— Nein, eigentlich nicht. Die neotropischen Schmetterlinge sind nicht ausgestorben, aber bei den hiesigen Händlern und Sammlern waren sie immer sehr begehrt, weil sie besonders schön sind.

— Und was willst du mit diesem Sammelsurium machen? Hast du vielleicht zufällig ein paar dieser Schnipsel dabei?

Elsa schwieg verlegen.

— Ja, habe ich. Ich schau mir sie immer wieder an, lege sie aneinander und studiere die Ausrisse und die zerschnittenen Briefe. – Aber ich will dich damit nicht nerven. Eigentlich wollte ich ja von dir–

— Darüber reden wir noch. Wir haben alle Zeit der Welt. Leg sie doch drüben in der Bibliothek auf den großen Tisch. Du entschuldigst mich einen Augenblick.

Elsas Blick wanderte über die ausgelegten Zettel. Sie hatte plötzlich ein flaues Gefühl, als hätte sie sich Pauline mit ihren Ausrissen aufgedrängt – und würde sie sie damit langweilen. Ratlos blickte sie vom Tisch ein Weilchen weg. In einer Nische stand eine Sanduhr. Es war ihr als Kind nicht aufgefallen, dass Pauline offenbar in jedem Zimmer eine besondere Uhr hatte. Wie ein in seiner Mitte taillierter Tropfen schwebte das Glas in dem dunklen Holzzylinder. In das Holz eingelassen war eine kunstvoll gesprenkelte Intarsie. Sie hob die Uhr vorsichtig hoch und entzifferte die Gravur auf dem Boden: *Black Widow for an hour.*

— Die hat Max von seinem Onkel Evaristo aus Argentinien geschenkt bekommen.

Elsa erschrak, sie hatte Pauline nicht gehört. Pauline nahm ihr die Sanduhr aus der Hand. Elsa spürte, dass sie dieses Objekt besser nicht hätte anfassen sollen. Sie deutete auf den intarsierten Schmetterling auf dem Gehäuse der Sanduhr.

— Das ist ein *Trauermantel*. Seine Flügel erinnern an den Reifrock einer spanischen Hofdame. Der *Trauermantel* ähnelt dem *Black widow*, vielleicht ist er sogar mit ihm verwandt.

Pauline betastete die Arbeit. Max hatte ihr einmal gesagt, man solle »nichts dem Zufall überlassen – sonst ist man verloren!« War diese Sanduhr eine späte Liebeserklärung, ein Gruß an sie – an die ›künftige‹ Witwe?

Pauline trat vor den Tisch und bestaunte die auseinandergefalteten, zerschnittenen Briefchen. Sie nahm eines hoch und las halblaut den unzusammenhängenden Text vor:

```
Deutsche Fahne und zwei der besten

Bruecke.
Schrift, angeseilt ueber den Gletscher,
Spalten umgehend jeden Augenblick ueber
chend; so erkaempften wir uns Schritt
ahe Gipfel vor uns laeszt den furchtbaren
die Lungen peifen, die Haende, Arme,
nnen unsagbar; Blut kommt aus Nase,

rennglas, die Indianer sind schneeblind
```

— Wo das wohl hingehört?
— Ich vermute, sagte Elsa, dass »wir« die kuk-Soldaten aus dem sogenannten Alpenkrieg sind, wo sie sich mit den italienischen Truppen 1916 auf Sichtweite in Grund und Boden geschossen haben. – Aber das passt nicht zu den Indianern.

— »Alpenkrieg?« – noch nie gehört, sagte Pauline. Max war in Schweden immer bemüht, Kriegsnachrichten von mir fernzuhalten. Für mich war die Haltung Schwedens undurchschaubar – und Max hat alles getan, um mich darüber im Unklaren zu lassen. – Wer könnten denn die »schneeblinden Indianer« sein? Vielleicht eine Polarexpedition, die durch indianisches, also Inuit-Gebiet führt?
— Hier, oben quer zur Schrift, sieh mal, steht dünn mit Bleistift – Elsa drehte den Zettel ans Licht – *Morpho adonis!* Ist das nicht verrückt!, rief sie, der blauschimmernde *Morpho adonis* aus den Tropen überwintert auf einem Schlachtfeld der Alpen!
— Das ist eine sehr kühne Phantasie, murmelte Pauline. Ich verstehe, für dich sind diese Hüllen so etwas wie eine weitere Stufe der Metamorphose des Schmetterlings, eine menschengemachte Verpuppung, jenseits der Natur.

Elsa hatte sich eine Nuss vom Teetisch gegriffen und versuchte, sie mit einem russischen Nussknacker zu öffnen.
— So habe ich es noch gar nicht gesehen. Auf jeden Fall sollte man einige von diesen Zetteln unbedingt neben den Exemplaren ausstellen, sie gehören zusammen, sie sind ein Kleid, ein Zelt, das wir den toten Tieren verpasst haben. Aber für ein Museum wäre das, glaube ich, unwissenschaftlich. Die mythologischen Namen der Schmetterlinge, nimm nur Adonis, erzählen eine ungewöhnliche Geschichte. Adonis musste als Einzi-

ger nur einen kürzeren Teil des Jahres im Schattenreich verbringen, dann durfte er wieder nach oben. Als er von einem Eber verletzt wurde, ließ Aphrodite aus dem Blut das *Adonisröschen* sprießen, das *Kleine Teufelsauge.*

— Doch seine Schönheit ›lebt‹ nur hinter Glas, wandte Pauline ein.

— Aber nicht einmal das war ihm vergönnt.

— Wem? Dem Schmetterling?

— Weder dem Schmetterling noch dem Sammler. Er ist ja nicht mehr nach Deutschland zurückgekommen.

— Eine unvollendete Reise, entfuhr es Pauline.

— Dr. Walther Arndt?!

Pauline nahm ein leicht beschmutztes Papier in die Hand, es war vom Deckblatt eines Sonderdrucks über Schwämme abgerissen. Dr. Walther Arndt? Nein, das ist nicht möglich! – Augenblick!

Aus einer tiefen Schublade in der Kommode zog sie eine Kladde hervor.

— Hier ist es! *Fauna arctica!* – »Für Prof. Walther Arndt.« Den haben wir 1919 zufällig in Stockholm persönlich kennengelernt. Ende November, es war kalt und neblig, wir fuhren mit einer Pferdedroschke zum Naturhistorischen Museum, ich glaube zu einem Abendvortrag.

— Kannst du schwedisch?

— Ja, gewiss. Wir haben doch seit 1903 in Uppsala gelebt. Ich habe also Max beim Aussteigen geholfen und wohl »Pass auf, mein Lieber!« oder etwas in der Art gesagt, weil das Kopfsteinpflaster glatt und die Stelle leicht abschüssig war. Max ging am Stock, nachdem er beim Spaziergehen an einem Frühlingstag im Djurgarden wegen eines herumtollenden Hundes gestürzt war. Er hatte sich ein Bein gebrochen; die Fraktur verheilte nur sehr langsam. Ein jüngerer, auffällig blasser Mann hörte mich im Vorübergehn deutsch sprechen und blieb stehen – »Oh, Landsleute!«, und griff mit sicherer Hand nach der Trense des Kutschgauls. Da war Max schon ausgestiegen. Ich bedankte mich. Wir stellten einander vor. Er hieß Dr. Walther Arndt. Max und er kamen ins Gespräch. Der Arzt erzählte so farbig und detailliert von seiner gerade beendeten Russland-Reise, dass ich jedes Wort behalten habe. Er war zwei Tage vorher in Schweden angekommen. Nach dem Waffenstillstand war er als Mitglied der Kriegsgefangenenkommission noch einmal nach Russland gefahren, um sich um die deutschen Gefangenen zu kümmern. Dabei geriet er prompt wieder in Lagerhaft. Jetzt waren die Bolschewiken an der Macht. Dr. Arndt hatte wohl von vornherein damit gerechnet, festgehalten zu werden, deshalb hatte er auch wissenschaftliches Gerät eingepackt. Er war ja Arzt und Forscher.

Dr. Arndt reiste nach seiner Freilassung quer durch Sibirien bis nach Wladiwostok, dann über Japan, die Philippinen, San Francisco, Neu York bis nach Schweden. Er wurde hellhörig, als Max ihm erzählte, dass er viele Reisestationen in Innerasien aus eigener Anschauung kannte und mit mir bis zur Kamtschatka vorgestoßen war. Ich glaube, als Max die mächtigen Vulkane des *Awatscha* und des *Kronotzky* erwähnte, kam mir spontan der Gedanke, dass Dr. Arndt die frühen Reiseberichte von Max aus den Neunzigerjahren interessieren könnten. Bis zur Kamtschatka war Dr. Arndt nicht gekommen. Ich habe also vorgeschlagen – und Max war für einen Augenblick wirklich sprachlos –, diese Berichte und Journale für ihn abzutippen und ihm nach Berlin zu schicken. »Vergessen Sie aber bitte nicht, auch Ihre eigenen Beobachtungen der letzten Reise vor dem Krieg zu schicken, Sie sind gewiss nicht die Sekretärin Ihres Mannes«, sagte Dr. Arndt. »Nein, das ist meine Pauline ganz gewiss nicht«, murmelte Max, nachdem er sich wieder gefangen hatte. Tatsächlich hatte ich selbst auch ein Reisetagebuch geführt.

Max hat Dr. Arndt noch zum Abendessen eingeladen. Er reiste am nächsten Tag nach Berlin weiter. »Ich darf doch fest mit Ihren Berichten rechnen?«, sagte er zum Abschied.

Unsere Reisejournale waren alle handschriftlich abgefasst, mit Tinte und Bleistift, manchmal mit Buntstift und teilweise in Steno. Max war unschlüssig, ob es diese Notizen, Tagebucheintragungen, Mitschriften und Wörterlisten wert wären, abgetippt zu werden. »Wir haben es ihm doch versprochen«, sagte ich. »Du!«, widersprach Max. Ich hatte Feuer gefangen. Auf einmal waren es nicht mehr nur private Erlebnisse, sondern sie bekamen ein anderes Gesicht. Am Anfang habe ich versucht, alles wortwörtlich abzutippen, aber bald, und Max hat mich dabei unterstützt, bin ich dazu übergegangen, die Aufzeichnungen in eine lesbare Form zu bringen. Mir hat das einen unglaublichen Auftrieb gegeben. Ich hatte nun zwei Adressaten: Max, der staunte, der fast vergessen hatte, was sich da alles angesammelt hatte, und Dr. Arndt, der ernsthaft an diesen Berichten interessiert war.

Max hatte seine kleine Eifersucht bald verwunden und schrieb, das heißt, er diktierte mir zu der zweiten großen Sendung einen bemerkenswerten Brief an Dr. Arndt in die Maschine. Zum ersten und ich glaube zum einzigen Mal gab er seine geheimen Impulse preis, die ihn seit den Achtzigerjahren »in stetiger und pulsierender Unruhe«, wie er sagte, durch Innerasien getrieben hatten – »und darüber hinaus«, wenn er an die Kamtschatka und Britisch-Columbien dachte. Dieses Schreiben war zugleich, wie mir erst sehr viel später aufging, ein Abschiedsbrief.

Dr. Arndts abenteuerliche Reise durch die im Aufbruch befindliche Sowjetunion hatte Max' Ahnung zur Gewissheit gemacht, dass er künftig die von ihm so viel besuchten Gegenden wahrscheinlich nie wieder würde betreten können. »Man vertreibt mich aus meinem Paradies«, schrieb er, hinzu kam, dass der Bruch, den er sich bei dem Sturz zugezogen hatte, nur schlecht verheilte. Er war doppelt behindert.

— Habt ihr denn in den ganzen Jahren bis zum Krieg nie über eure Erwartungen, über Sinn und Ziel eurer Reisen gesprochen?

— Nein, es ging immer nur um organisatorische Fragen. Bei seinen Vorbereitungen war Max schrecklich penibel: welche Karten die richtigen wären, welche Post-

und Telegraphenstationen auf der jeweiligen Route lägen, welche Korrespondenzpartner unterrichtet werden sollten, welche Dolmetscher empfohlen worden waren, wie umfangreich die Photoausrüstung sein musste, welche Veröffentlichungen jüngst erschienen waren, welche Alternativen zur geplanten Reiseroute in Frage kämen, falls etwas dazwischenkam, es kam ja immer etwas dazwischen.

In dem Brief an Dr. Arndt beklagte er sich, dass seine Sammlungen »bald nur noch von antiquarischem Interesse« seien, was ihm ein Graus sei, weil er zu den Idolen und Masken keine lebendigen Zeugnisse mehr aus dem Mund der Schamanen erhalten würde. Erst deren Äußerungen und der Austausch mit ihnen würde die Gegenstände lebendig werden lassen, sie seien deren unveräußerlicher Bestandteil. Das lebendige Wort derjenigen, die sie trugen und benutzten, würde ihnen erst Leben einhauchen. Auch wenn es nur ein Abglanz ist, den wir davon erhalten. »Sie verstummen, wie ein Gedicht verstummt, wenn man es nicht vorträgt.«

Ein Trost sei die Korrespondenz mit Menschen, die er auf Reisen kennengelernt hatte. So zum Beispiel mit dem Arzt Dr. Baelz – oder eben »durch eine glückliche Fügung mit Ihnen, verehrter Herr Dr. Arndt«.

— Dr. Baelz?

— Er hat lange Jahre in Japan als Arzt gearbeitet und detaillierte Berichte über ungewöhnliche Krankheitsfälle hinterlassen. Er hat Max einen extremen Fall von Besessenheit geschildert, der mit der üblichen Folklore nicht mehr in Einklang zu bringen war. Eine Kopie schickten wir auch an Arndt.

Mit sicherem Griff zog Pauline einen Brief aus einer Korrespondenz-Mappe.

*»Weil Sie mich, verehrter Herr Lassenius, in Ihrem letzten Brief nach dem Wahrheitsgehalt von Gerüchten über dämonische Fuchslegenden aus China gefragt haben, von denen Sie einige schöne Beispiele zitieren und zum Behuf dessen auf die von Ihnen erworbenene, ungewöhnlich ausdrucksvolle Fuchsmaske hinweisen, möchte ich Ihnen einen Fall aus Japan schildern, den ich selbst behandelt habe.*

*Besessenheit durch Füchse (kitsune-tsuki) ist eine nervöse Zerrüttung oder Delusion, die hier nicht selten beobachtet wird. Nachdem der Fuchs in das menschliche Wesen eingedrungen ist, zuweilen durch die Brust, häufiger durch den Raum zwischen den Fingernägeln in das Fleisch, lebt er sein eigenes Leben, getrennt vom Ich der Person, die ihn beherbergt.*

*Ich wurde einst zu einem Mädchen mit typhösem Fieber gerufen. Sie genas; aber während ihrer Rekonvaleszenz hörte sie die Frauen um sie her von einer andern Frau sprechen, die von einem Fuchs besessen war und die ohne Zweifel alles versuchen würde, ihn auf jemand zu übertragen, um ihn loszuwerden. In diesem Moment hatte das Mädchen eine außergewöhnliche Empfindung. Der Fuchs*

*hatte von ihr Besitz genommen. Alle Anstrengungen, sich seiner zu entledigen, waren erfolglos. ›Er kommt! Er kommt!‹, schrie sie, wenn sie einen Anfall bekam. ›Oh! Was soll ich tun? Er ist da!‹ Und dann begann der Fuchs in einer fremdartigen, trockenen, gebrochenen Stimme zu sprechen und seine unglückliche Wirtin zu verspotten. Das dauerte drei Wochen lang, bis man nach ihr einen Priester der Nichiren-Sekte schickte. Der Priester machte dem Fuchs heftige Vorwürfe. Der Fuchs (natürlich immer durch den Mund des Mädchens sprechend) ließ es seinerseits nicht an Erwiderungen fehlen. Zuletzt sagte er: ›Ich habe sie satt!‹ Ich verlange nichts anderes, als sie zu verlassen. Was willst du mir geben, wenn ich das tue?‹ Der Priester fragte, was er nehmen solle. Der Fuchs nannte gewisse Kuchen und andere Dinge, die vor dem Altar eines bestimmten Tempels gelegt werden müssten, um vier Uhr nachmittags an dem und dem Tage. Das Mädchen war sich der Worte bewusst, deren Medium ihre Lippen waren, war aber machtlos, etwas in eigener Person zu sagen. Als Tag und Stunde kamen, wurden die verlangten Gaben von ihren Verwandten zu dem bezeichneten Platz gebracht, und der Fuchs verließ das Mädchen zur selben Stunde.*
*Ich hoffe, mit diesem kleinen Bericht aus meiner Praxis Ihre Neugierde ein wenig befriedigt zu haben und verbleibe …«*

— Aber das ist doch Hokuspokus!, entfuhr es Elsa.
Pauline schüttelte irritiert den Kopf.
— Elsa, warum sollte ein schwäbischer Arzt so etwas erfinden? Für Max war dieser unheimliche Bericht eine anschauliche Bestätigung dessen, was er selbst auf seinen Reisen gehört und erlebt hatte. Er war ganz aus dem Häuschen. In diesen extremen Zuständen zeigte sich der Glaube an die Macht der Maske ganz unverhüllt. Als könnte man mit ihrer Hilfe die Besessenheit zumindest symbolisch bannen. Es war diese lebendige Schilderung des Arztes, die Max aber auch schmerzlich daran erinnerte, dass ihm nunmehr »das Leben hinter der Maske« und die Maskenträger für immer verschlossen sein würden. »Die sind jetzt nur noch antiquarisch und ›faszinierend‹«, spottete er, als wir einmal durch die Maskensammlung des Ethnologischen Museums wanderten. »Sie sind verstummt – wie ich.« Mir fiel kein tröstendes Wort ein, das kannst du dir denken, es hätte ihn auch nicht erreicht.
— War es denn in dem Brief an Dr. Arndt zum ersten Mal, dass er so ungehemmt über die Dinge sprach, die ihn ein Leben lang bewegt hatten?
— Ja. Einerseits war ich fast erleichtert, dass er endlich etwas aussprach, auch wenn es dabei um das Verstummen der Masken ging, die ihm selbst die Sprache geraubt hatten. Arndt gegenüber ließ sich das in einem Brief wohl leichter sagen als mir gegenüber.

— Und andererseits?
— War ich betrübt, weil ich sah, wie bitter ihn das ankam. Es wurde mit den Jahren immer schlimmer.
— Habt ihr denn nach 1919 keine Reisen mehr unternommen?

— 1922, zu seinem siebzigsten Geburtstag hatte er es sich in den Kopf gesetzt, mit dem Schiff von Stockholm nach St. Petersburg überzusetzen, das inzwischen in Petrograd umgetauft worden war. Die Warnungen von Freunden, dass dort wegen der Hungersnot und den unwägbaren politischen Entwicklungen ein Aufenthalt sehr schwierig sein würde, schlug er in den Wind. Seine Enttäuschung kannst du dir vorstellen, als wir gar nicht von Bord durften.
— Warum denn unbedingt nach St. Petersburg?
— Sein Onkel Maxim hatte Max schon früh mit dieser einzigartigen Stadt vertraut gemacht. Wenn er dem jungen Max diese Stadt zeigte, dann zelebrierte er seine Spaziergänge durch die Stadt wie einen Opernbesuch. »Was du hier siehst, ist keine Stadt – trau nicht dem Augenschein! –, sondern die Bühnenwerkstatt eines Opernhauses. Wer durch diese Kulissen hindurchgeht, wird verwandelt. Diese Architektur gaukelt uns nur eine echte Stadt vor! Sie hat Bühnen für viele Auftritte. Die Spitze der Admiralität ist eine gebaute Vokalise!«, schwärmte er. Max hatte sich jedes Wort eingeprägt. St. Petersburg wurde sein *nec ultra*. Hin und wieder nahm diese Liebe groteske Züge an. Angesichts der blau funkelnden Eis-

berge im Beringmeer rief er einmal aus: »Wie neidisch die Natur ist! Fast wäre es ihr gelungen, mit diesen Kulissen St. Petersburg an Schönheit zu überbieten!« – Das war noch vor dem Untergang der *Titanic*. – »Wie kannst du jetzt nur an St. Petersburg denken! Ein Eisberg ist doch schon für sich genommen ein Wunder an Schönheit und Größe!«, fuhr ich ihn an, da lachte er nur und sagte – ich konnte es kaum fassen, es klang wie das späte Geständnis einer heimlichen Liebe –, »Weißt du, Pauline, ich denke immer an St. Petersburg. Diese Stadt ist meine Fata Morgana.«

Elsa wollte Pauline fast ins Wort fallen, als sie sah, wie heftig sie von der Erinnerung an Max heimgesucht wurde.
— Und wie ist es dir in Uppsala ergangen? Alleine konntest du ja wohl nicht reisen? Hat dich seine Schwermut nicht belastet?
— Wir haben kleinere Ausflüge nach Stockholm gemacht, ins Theater und manchmal nach Djurgarden zu dem schönen alten Haus von Berzelius, dem Chemiker. Da kam Max gleich ins Schwärmen – »Das war ein romantischer Wissenschaftler – allein die Götternamen, die er den von ihm entdeckten Elementen gegeben hat: *Tellur! Selen! Thorium! Titan! Lithium!* So wie dieser Mann der Materie ganz spezielle Eigenschaften entlockt hat, wollte ich mich immer durch den Raum bewegen und die Landschaften lesen. Und dann diese simple und geniale Idee, die Namen der Elemente zu

kapern und das Alphabet der Chemie zu ersinnen! H und O und Fe!«

Auf dem Weg zu Berzelius' Haus sind wir einmal an dem sehr populären *Biologiska Museet* vorbeigekommen, Max blieb stehen und fuchtelte mit seinem Gehstock: »Alles wird verniedlicht und putzig gemacht! Es ist zum Erbarmen! Dieser Wahn, unsere beseelten Sänger auszustopfen und in ein Museum zu pferchen! Das Haus sieht aus wie eine übergroße Puppenstube! Statt hierhin zu pilgern, sollte das Volk sich an dem Gänserich Martin und Nils Holgersson ein Beispiel nehmen. So lernt man die Welt kennen!« Er wollte sich gar nicht mehr beruhigen.

Das Anwesen von Berzelius mit seinem anmutigen Garten brachte mich auf eine Idee. Ich ließ die Arbeit an unseren Reiseaufzeichnungen für eine Weile ruhen und habe den verwilderten Garten hinter unserem Haus wieder belebt. Ich pflanzte drei junge sibirische Birken, Max liebte sie besonders wegen ihrer blendend weißen, papierdünnen Rinde und weil die Ewenki sie so sehr verehrten. Seine Freude war aber nicht ungetrübt. »Glaubst du wirklich, diese Mädchen leuchten mir auf meinem Weg?« Mit den Jahren wurde sein Schweigen immer trotziger, aber mehr noch hatte ich Angst vor seinem Jähzorn.

— Gegen dich?

— Nein, nie gegen mich. Sondern gegen das Verhängnis, nicht mehr aufbrechen zu können.

Pauline schwieg. Sie fuhr sich mit der Hand über Stirn und Haar, als hätte sie etwas gestreift.

— Hattet ihr denn in Uppsala Freunde, Nachbarn? Wer hat euch besucht?

— Max blühte auf, wenn wir Gesellschaft hatten, vor allem, wenn Reisende vorbeikamen. Aber diese Begeisterung versiegte rasch. Einmal war sein Freund Koerber von einer Exkursion zu den Nordwest-Indianern zurückgekehrt und hatte ihm die Photographie einer Maske mitgebracht. Kaum hatte er uns am nächsten Tag wieder verlassen, brach es aus Max heraus: – »Mein Raumhunger, Pauline, mein Raumhunger ist wieder erwacht, und ich werde ihn nie mehr stillen können!«

— »Raumhunger«? Hielt er sich für Tamerlan?

— Den Eroberer? Wie kommst du auf den?, fragte Pauline.

— Auch Tamerlan konnte nicht genug kriegen. Halb Asien hat er verschlungen, und als er das Meer im Westen erreichte, fiel er tot um, weil er etwas sah, das größer war als alles, was er selbst erobert hatte. So ist es überliefert.

— Aber Elsa! Was redest du da! Max war kein Eroberer! Was er auf seinen Reisen suchte, war das Konkrete und Individuelle. Die Vielgestaltigkeit der Landschaften wie der Menschen und besonders das Geheimnis der Masken und Kostüme, die es bei diesen fernen Völkern noch zu entdecken gab. Das hat ihn umgetrieben und begeistert! Ich weiß, es klingt merkwürdig, aber er stürmte fast animalisch vorwärts, er sog den Raum in sich hinein, er inhalierte ihn. Und immer wollte er, was durch ihn hindurchging, mit seiner Sprache, seinen ganz eigenen

Worten und Wendungen festhalten. »Sprechen können wir ja nur beim Ausatmen«, sagte er. Das war schon so an unserem allerersten Tag, als er mich auf der Chaussee von Treuchtlingen nach Graben mit seinen Halmasprüngen durch das innere Asien behexte. Es war atemberaubend. Aber es war nach Koerbers Besuch das erste Mal, dass er vom »Raumhunger« sprach, das ist wahr.

— Seine früheren und eure gemeinsamen Reisen, die müssten ihn doch stolz oder zumindest zufrieden gemacht haben, vor allem nachdem durch dich so vieles ausgewertet wurde?

— Max hat mich sehr dabei unterstützt, aber je mehr ich zu Papier gebracht habe, desto mehr legte sich wie er sagte, das »Gewesene« wie ein Schatten auf sein Gemüt. »Ich will nicht in diesen Papieren, Zeichnungen und Photos versinken, verstehst du das nicht? Ich bin jetzt ein Schiff ohne Segel, der Wind der Zeit streicht ungenutzt über uns hinweg«, jammerte er und verstummte, oft für lange.

— Sein Schweigen oder sein Verstummen muss dir doch sehr zugesetzt haben–

— Ich habe es ausgehalten, ich hatte keine Wahl. Es sei denn–

— Ja? –

— Ich wäre alleine auf Reisen gegangen.

— Hast du das erwogen?

— Nein, denn damit hätte ich ihn verlassen.

— Hast du je daran gedacht?

— Er hat es selbst ins Spiel gebracht: »Du wirst noch

genug Zeit haben, auf Reisen zu gehen.« Aber er war nicht immer so finster und vergrämt. Es gab auch sehr lichte Zeiten.

— Konntest du mit ihm darüber sprechen?

— Mit Argumenten kam ich nicht gegen seine Depression an. Spätestens nach dem Debakel von Petrograd war er überzeugt, sein Leben sei eine einzige Niederlage. Dieser Gram nistete für immer in seinem Gemüt. Marie war der einzige Mensch, dem ich mich anvertrauen konnte. Aber eben nur aus der Ferne.

— Und was hat dich trotz allem nicht verzagen lassen?

— Verzagen? Habe ich das gesagt?

— Nein, ich denke nur.

— Ich hatte neben meiner Forschung die Geschichten und die Mythen der Masken, ich hatte meinen Garten, und wenn es ganz schlimm kam, hatte ich immer noch die Gedichte. Bis heute. Ich bin kein gläubiger Mensch, aber ohne den Trost der Gedichte könnte ich nicht leben. Sie sind ein Lebensmittel, mehr noch, eine Droge. Einmal haben wir, es wird 1927 gewesen sein, im gerade neu eröffneten Stockholmer *Konserthuset* Schumanns *Frauenliebe und Leben* gehört. Ich konnte meine Tränen nicht unterdrücken, als Ingeborg Holmgren Chamissos Verse *»Ich zieh' mich in mein Inn'res still zurück, / Der Schleier fällt, / Da hab ich dich und mein vergang'nes Glück, / Du meine Welt«* sang.

— Hast du in diesem Augenblick mehr dich selbst oder eher Max bemitleidet?

— Warte nur, bis du einmal die Gewalt der Musik verspürst!

Pauline reicht Elsa den Zettel mit Walther Arndts gestempeltem Namen.

— Was so ein Fetzen Papier alles auslöst!

— Dr. Arndt schickte uns postwendend einen Dankesbrief – »Ihr sehr geneigter Leser« – zusammen mit einer Broschüre über »Süßwasserschwämme«, das war sein Spezialgebiet. Er ermutigte mich, unbedingt weiterzumachen, und so ist im langen Winter von 1919 das erste umfangreiche Konvolut entstanden.

Sie holte aus einer anderen Schublade einen Ordner mit einem Packen Durchschlagblätter.
— Ich war unverhofft so etwas wie ein Chronist unserer Reisen geworden.
— Eine Reiseschriftstellerin!, rief Elsa.
— Nein, das nicht. Es wurde ja nichts veröffentlicht.
— Hast du es denn versucht?

Elsa nahm die gehefteten Durchschläge in die Hand und blätterte darin.
— Das ist ja unglaublich, wie viel ihr aufgezeichnet habt! Das darf man doch nicht einfach in der Schublade lassen!
— Es ist so lange her.

Sie setzte sich neben Elsa, als suche sie einen Halt.
— Ist dir nicht gut?
— Nein. Es ist nur so–

Sie stockte.

— Ich kann es eigentlich immer noch nicht fassen, was Dr. Arndt passiert ist. Es hat mich damals sehr mitgenommen und selbst heute noch–

— Ist er verunglückt?

— Das könnte man noch verkraften. Nein – wir haben uns jedes Jahr Ende November einen freundlichen Kartengruß mit einigen persönlichen Bemerkungen geschickt, in Erinnerung an unsere erste Begegnung. Es war ein schönes Ritual. Ende November 1943 – die Post zwischen Deutschland und Schweden funktionierte ja auch während des Krieges einigermaßen, und Dr. Arndt wusste, wie man an der Zensur vorbeischreibt – Ende November 43 traf keine Karte ein. Max war 1938 gestorben, ich hatte auch an Dr. Arndt eine Trauerkarte geschickt. Wir schrieben uns weiterhin. Als bis Ende Dezember 43 immer noch keine Karte eintraf, dachte ich, dass nun auch der Briefverkehr zusammengebrochen wäre. Dann kam Ende Januar eine verspätete Weihnachtskarte von Marie aus Sulzburg, über die ich mich sehr gefreut habe. Doch dass diese Karte mich erreichte, machte mich noch unruhiger, und ich habe zum ersten Mal an Dr. Arndt einen Neujahrsgruß geschickt, so neutral wie möglich: »In diesen schweren Tagen – in der Hoffnung auf ein Wiedersehn.« Es kam keine Antwort.

Vier Jahre nach dem Krieg hat mir dann Dr. Arndts Schwester geschrieben und diesen Zeitungsausschnitt dazugelegt.

Sie reichte ihn Elsa.

— *Prof. Arndt war am 22. November 1943 Leiter der Luftschutzwache nach dem Brandbombenangriff auf das Berliner Naturkundemuseum. Er spornte seine Mitarbeiter an, die niedergegangenen Stabbrandbomben mit Sand und Feuerpatschen zu löschen und auf die Höfe hinunterzuwerfen. Durch diesen umsichtig und entschlossen geleiteten Einsatz wurden unersetzliche Werte in Gestalt von Millionen Tieren und Tausenden von Typen gerettet ... Er soll nach dem Bombenangriff gesagt haben: »Jetzt ist es bestimmt zu Ende mit dem Dritten Reich. Es handelt sich nur noch um die Bestrafung der Schuldigen. Seit dem Schwindel mit dem Brand des Reichstages war es mir völlig klar, dass es so kommen muss.«*

Pauline legte den Ausschnitt wieder zurück.

— Er wurde am nächsten Tag denunziert – von einem Mitarbeiter und von der besten Freundin seiner Schwester. Der Volksgerichtshof hat ihm den Prozess gemacht. Er hat nichts von seiner Aussage zurückgenommen. Er wurde zum Tode verurteilt und hingerichtet. In Plötzensee. Und den Angehörigen haben diese Unmenschen eine Rechnung über die Kosten der Hinrichtung geschickt – kannst du dir das vorstellen! Ich glaube, Freisler und die Nazis haben ihm nicht verziehen, dass er so unerschrocken *diesen* Bogen geschlagen hat: vom Reichstagsbrand zu den Bombennächten. Für ihn war dieses Regime ein Desaster von Anfang an. Und deshalb haben auch die vielen ›unverdächtigen‹ prominenten Stimmen, die sich für ihn einsetzten – Professor Sauerbruch und der Taucher Hans Hass –, ihm nichts mehr genützt.

Nach dem Krieg wurden die Denunzianten zu Gefängnis verurteilt. Eine späte Genugtuung ist es, ein Trost nicht. Ich kann nur hoffen, dass seine Angehörigen gütige Freunde hatten, die ihnen zur Seite standen.

Manchmal bin ich fast froh, dass Max diese allerschrecklichste Zeit nicht mehr erlebt hat.

Paulines Hand zitterte, als sie die Blätter zurücklegte.

— Elsa, könntest du bitte frischen Tee aufgießen?

Der Widerhall ihrer Schritte auf dem Steinboden im Flur kam Elsa plötzlich sehr laut vor. Durch das Milchglas der Küchentür fiel ein weicher Lichtfleck auf den dreiteiligen Garderobenspiegel. Sie stellte die Teekanne ab und klappte die Flügel auf und zu, sodass sich ihr Gesicht in einem unendlich gefalteten Raum verlor.

In der Küche goss sie Wasser in den Kessel und fingerte ein Streichholz aus der Schachtel. Der süß-faulige Geruch des Gases stieg ihr in die Nase, fauchend und sogleich wie besänftigt breitete sich die Flamme aus: eine durchsichtige Chrysantheme mit weißblau schimmerndem Flammensaum, der Flammenkern changierte, wie die Blüte der Indianerkresse, von Feuergelb nach Zinnoberrot. Elsa setzte den Wasserkessel auf, klappte den verklumpten Tee aus dem Tee-Ei und füllte aus der Packung neuen nach. *Der rassige Herrentee*. Aufgeschlagen lag eine Zeitung auf dem Küchentisch

### Der kälteste Winter unseres Lebens

#### Eine Erinnerung von HK.

Im schneereichen Winter 1944 beschlossen meine Familie, genauer gesagt meine Mutter und mein Großvater, mit mir, ich war damals sechs, und einigen älteren Leuten, ihr Dorf in Thüringen zu verlassen. Mein Vater war schon in amerikanischer Kriegsgefangenschaft. »Der Glückspilz!«, meinte mein Großvater, »da braucht er nicht mehr überzulaufen.« Meine Mutter hat ihn nicht gleich verstanden. Wir wollten zu Fuß nach Kiel. Aus naheliegenden Gründen wollte das Häuflein die lange Wanderung nur im Schutz der Dunkelheit antreten. Mein Großvater, er war Erdkundelehrer gewesen, hatte uns eine Route zurechtgelegt, die durch abgelegene Orte führte, über das vulkanische Land zwischen der Röhn und Kassel. Mir wurde eingeschärft, während des Fußmarsches keinen Mucks zu machen, »kein Sterbenswörtchen!«

In der dritten Nacht stapften wir durch einen schmalen Waldweg, der kaum mehr zu erkennen war, so dunkel war der Himmel. Kein Mond, keine Sterne. Der schmale Lichtschlitz der schwankenden Taschenlampe in der Hand meines Großvaters war unsere einzige Orientierung. Auf dem engen Weg gingen wir in weiten Abständen hintereinander her. Trotz des Schnees war die Sicht so schlecht, daß wir uns manchmal nur am Knirschen der Schritte und unserem keuchenden Atem orientieren konnten. An einer abschüssigen Stelle

— Elsa? – Kommst du zurecht?

Ein stotternder Pfiff, und die Tülle fiel vom Kessel. Elsa wartete noch einen Augenblick, suchte nach einem Lappen für den heißen Griff und goss den Tee auf. Zischend verpuffte die Flamme.

— Glei-jich! Der Tee muss noch zie-hén!

                      rutschte ich in einen Graben und wurde von einer Schneewehe verschluckt wie von einem großen Hasenloch. ›Keinen Mucks!‹, schärfte ich mir ein und rührte mich nicht vom Fleck. Über mir hörte ich noch, ich weiß gar nicht, wie tief ich hinabgeglitten war, die Schritte der Vorübergehenden, dann war es still. Ich versuchte nach oben zu kommen, fand aber keinen Halt. Mir wurde bang, aber ich spürte keine Kälte, fast war mir, als wäre es hier drunten wärmer als droben. Dann die Rufe – »Hanna! Hanna!« Ich kannte jede Stimme. Stöcke wurden gegeneinander geschlagen wie bei einer Treibjagd, Stimmen kamen näher und entfernten sich. ›Kein Sterbenswörtchen!‹ Die Stimmen kehrten wieder, jetzt wurden es mehr, und sie wurden lauter, fast schon ein Chor. Als sie in meiner Nähe waren, nahm ich mir ein Herz: »Hier!« Sie umringten mich, nachdem sie mich herausgezogen und abgeklopft hatten. »Hast du uns nicht gehört?« »Doch.« »Und warum hast du nicht geantwortet?« »Ich wollte nicht ungehorsam sein.« »Oh, Hanna!« rief meine Mutter und umarmte mich.

Elsa war schon aus der Küche, als sie noch einmal kehrtmachte. Der Wasserhahn tropfte. Der träge Schatten einer Taube flappte über die gekachelte Küchenwand.

— Gleich hinter der Mappe mit Dr. Arndt bin ich zufällig auf etwas gestoßen. Es ist weniger dramatisch. Ach, übrigens–

Pauline griff noch einmal in die Schublade.

— Wenn dich diese Durchschläge interessieren, nimm sie bitte an dich. Vielleicht ist etwas Lesenswertes dabei. Ich lege es mal heraus, es sind ja einige hundert Seiten.

Noch ehe Elsa reagieren konnte, hielt Pauline ein großes Schwarzweiß-Photo hoch.

— Schau mal!

Eine junge Frau zwischen zwei Männern in Laborkitteln, halbnah, das Ganze in dramatisch betontem Seitenlicht. Die Frau hält prüfend einen Filmstreifen mit beiden Händen gegen das Deckenlicht. Die beiden Männer wirken so konzentriert, als fürchteten sie die Entdeckung eines Fehlers. In ihrem Sommerkleid, dem gelösten Haar und in ihrer berührenden Ungezwungenheit nimmt sich die Frau an diesem Ort ein wenig fremd aus. Sie posiert nicht.

— Wer ist das?

— Die Nielsen – jetzt frage ich mich, wie das Photo hier hineingeraten ist, in die *Fauna arctica?*

— *Asta* Nielsen?

— Ja, die.

Pauline drehte das Photo um.

Elsa las halblaut *Pour Max von Lassenius, mon goupil. En souvenance des jours askaniens.*

— Ich selbst muss es hier verstaut haben! Wie seltsam, aber ganz abwegig ist es ja nicht, schließlich kommt die Nielsen aus dem Norden.

Sie lachte.

— Wie schön sie ist!, entfuhr es Elsa.

— Ja, das war sie. – Wegen ihr ist Max eigens aus Stockholm 1913 zur Premiere der *Filmprimadonna* – so hieß der Film – nach Berlin gefahren. Ich sollte mitkommen, wollte aber nicht, habe Migräne vorgeschützt, weil ich wusste, wie er diese Vedette anhimmelte. Ich hatte keine Lust, hinter ihm herzudackeln. Er hat ein mageres Bedauern geheuchelt, dann ließ er es gut sein und ist allein gefahren. Zweimal täglich hat er telegraphiert. Solche Schwärmereien waren mir immer ein Graus. Aus dem Nichts konnte er sich begeistern, kaum hatte er ein aufregendes Gesicht entdeckt – »Chic type!«, rief er aus – und dann war ich es, die sich angeblich nicht einfühlen konnte. »Miss Gunst!«, nannte er mich einmal spöttisch. Ich habe gelacht, aber mir war nicht danach.

Pauline spürte eine aufkeimende Schwäche. Max tobte stumm durch ihre Gedanken und wühlte ihre Erinnerungen auf, ohne dass sie dem Einhalt gebieten konnte. Sie fragte sich, ob sie zu intim über ihn gesprochen hatte. Max war für Elsa ja nur ein Name. Auch viele Jahre nach seinem Tod hatte sie seine verwelkten Eskapaden stets

für sich behalten, eben weil sie so gänzlich vergangen waren. Sie hatte die Photographie vergessen, und nun dieser bizarre Zufall, dass in Elsas Zetteln …
— Was ist ein goupil?, wollte Elsa wissen.
— Der Goupil, das ist der Fuchs im Märchen. Bei den Franzosen. Unser Reineke Fuchs. Und das Hotel, in dem Max und vermutlich auch die Nielsen genächtigt haben, war der *Askanische Hof:* »Jours askaniens« – sie lässt nichts aus. Was mich wirklich gekränkt hat, war nicht der Seitensprung, sondern dass er ihr seinen Kosenamen verraten hatte: »Fuchs!« – als wäre das Kleingeld! Das habe ich ihm lange nicht verziehen.
— Max *von*? War er adlig?
— Oh, nein! Diese Namenshochstapelei erklärt vielleicht, wie er seine Asta kennengelernt hatte. Ein Vonchen, ob weiblich oder männlich, und sei es der letzte Offiziersadel, macht auf Schauspieler immer mächtig Eindruck. Die sind vom selben Schlag. Dieses Adelsgetue ist Kulissenzauber mit dem Stammbaum, frisierte Zoologie. Einige Tage nach seiner Rückkehr fand ich, als ich seinen Frack ausbürstete, eine druckfrische Visitenkarte: Max *von* Lassenius. Manchmal denke ich, er hat sie absichtlich dort stecken lassen. Wie er denn auf diese Idee gekommen sei –? »A mis–, a misprint!«, verhaspelte er sich. Ich wurde hellhörig, es war nicht seine Art, mit mir englisch zu sprechen, das tat er eigentlich nur mit seiner Mutter.
— Hast du sie gekannt?
— Wir sind uns nur einmal begegnet, aber das hat ge-

reicht. Mit Max bin ich zu ihrem 80. Geburtstag – im Juli 1912 – nach Bath gereist. Max hatte lange nach einer Ausrede gesucht, er wollte ursprünglich das Wiedersehen mit ihr vermeiden.

— Es war irgendetwas vorgefallen, etwas, das ihn schwer gekränkt hatte. Soviel hat er mir gesagt. Es war wohl kurze Zeit nachdem ich aus Neu York zurückgekommen bin, 1902. Als ich meinte, wir könnten doch einfach aus einem zwingenden Grund absagen, empörte er sich plötzlich, das sei zu billig.
— Spielte denn seine Mutter eine so große Rolle in seinem Leben?
— Er war ihr einziges Kind. Sie hat ihn maßlos verwöhnt, zum Ärger seines Onkels. Mit dem ist er als Kind gereist, ihr aber hat er von überall geschrieben, das erwartete sie von ihm. »Eigentlich hinter dem Rücken meines Onkels«, sagte er einmal. »Ihr habe ich alles erzählt, was mein Gemüt bewegt hat, ihm so gut wie nichts. Sie hat es weidlich ausgenützt.«

Es sei etwas passiert, deutete er mir im ersten Jahr unseres Wiedersehens an, doch mehr war ihm nicht zu entlocken. Irgendwann habe ich es aufgegeben, dieses Rätsel lösen zu wollen.

Er hatte seine Mutter seit zehn Jahren nicht mehr gesehen und nur an Festtagen hohle Grüße und Wünsche mit ihr ausgetauscht. Ihr achtzigster Geburtstag am

6. Oktober fiel auf einen Sonntag. Wir sind am Morgen von Waterloo Station nach Bath gefahren.

Beim Eintreten hielt sie mir huldvoll ihre Hand entgegen und blickte dabei Max an: »Deine Frau habe ich mir jünger vorgestellt, Maximilian.« Genau diese herablassende Geste hatte mir Max im Zug vorgespielt, dass sie auch noch eine sarkastische Bemerkung einflechten würde, war zu erwarten, trotzdem war ich wie vor den Kopf gestoßen. Ich stammelte irgendetwas Zusammenhangsloses. Max hatte mich gewarnt, für sie zählte allein der Überraschungsangriff. Ich suchte schnell das Weite und ging von der Terrasse in den Garten, während sie Max nicht von ihrer Seite ließ. Der Garten war raffiniert angelegt und ging in einen Park über. Zum Glück stieß ich auf den alten Gärtner, mit dem ich gleich ins Gespräch kam. Ich erzählte ihm von meiner Zeit im *Botanic Garden* der Bronx. Er hatte nicht erwartet, unter den Gästen eine verwandte Seele zu treffen. Gemeinsam bewunderten wir den giftigen Eisenhut und die violette Fette Henne. Dann zeigte er mir am Ende einer Ligusterhecke ein Hasenloch. »Nichts soll vollkommen sein«, lachte er, »auch der hat hier sein Domizil.«

Später an der großen Festtafel versuchte Max einige Male, mich in das Gespräch einzubeziehen, doch Evelyn überging mich, indem sie auf Personen und Ereignisse anspielte, von denen ich noch nie gehört hatte. Sie versicherte sich der lautstarken Zustimmung der älteren Gäste, als gäbe es für diese so etwas wie eine Erinnerungspauschale; mich schloss sie demonstrativ aus. »She will try to elbow you out«, hatte Max gesagt. Ich glaube, sie ließ, wenn überhaupt nur meinen Vornamen gelten, allerdings nicht, ohne sich über die deutsche Betonung des Namens – *Paulíne* – lustig zu machen. Das Englisch von Miss Pauline, – sie sprach von mir nur in der dritten Person – sei »remarkebly different«. Wir hatten bis dahin kaum ein Wort gewechselt.

Beim Tee an der riesigen Tafel musste Max an ihrer Seite Platz nehmen, während ich neben dem schwerhörigen Major General Bottomely platziert wurde. Ich verstand so gut wie kein Wort von seinem schnoddrig näselnden Englisch. Es ging, soviel verstand ich noch, um schreckliche »Heldentaten« im Burenkrieg. Ob ich das großartige Buch von Conan Doyle *The Great Boer War* kenne, fragte er mich, da werde er ausführlich dargestellt. »Nein, das kenne ich nicht«, sagte ich, und er war augenblicklich verstimmt. Rechts neben mir saß seine Tochter Hermione, die mir kichernd zuflüsterte, ihr Vater würde normalerweise nie mit Frauen sprechen. Wenn ich von Zeit zu Zeit zu Max hinüberblickte, hatte ich den Eindruck, dieser große Mann würde immer kleiner werden, er sank förmlich neben seiner Mutter in sich zusammen. Einmal hörte ich, wie sie einer entfernten Tischnachbarin zurief: »Ich hätte den Jungen doch Edward taufen sollen, wie unseren verstorbenen König!«

Um ihm Laune zu machen, sagte ich zu dem Major General, das Lustigste in diesem prächtigen Garten sei das Hasenloch. Der Major wiederholte meinen Satz zum Zeichen, dass er ihn verstanden hatte, er lachte sehr laut wie über einen sehr guten Witz, während seine Tochter Hermione zwei Löffel nahm und sie wie Hasenohren seitlich über ihren Kopf hielt. Wir lachten, der Tisch verstummte. Max verschwand unterm Tisch, als müsse er sich einen Schuh binden. Evelyn war erbost: »Dann sollte die junge Dame am besten gleich selbst in diesem Hasenloch verschwinden!« und nötigte die Gäste, in ihr schepperndes Gelächter einzustimmen.

»Oh, before I forget!«, unterbrach Evelyn mit einem dramatischen Tremolo die Tischgesellschaft und hielt ein rosa Briefchen in die Höhe. »So hört doch! Das hat mir meine Freundin Edith geschrieben. Sie hat den Untergang der *Titanic* am 14. April überlebt!« Alle am Tisch hielten wie auf ein Kommando die Luft an. Evelyn leuchtete in die Runde und begann nach einer unerträglich langen Pause: »*Dearest Evelyn* – ich kann euch nicht alles vorlesen, das werdet ihr verstehen ... eh – hier! *Die Countess Soundso bewohnte eine Luxuskabine im Georgian Style. Ihre Zofe hatte mir anvertraut, dass Ihre Ladyschaft sieben Abendgewänder in ihrer Garderobe hatte – die Überfahrt sollte ja sieben Tage dauern – und den gesamten Familienschmuck der von Rothes. Als die* Titanic *sank, entschied sie sich für den Pelzmantel und das Perlenhalsband aus dem 16. Jahrhundert.*« – »Das nenne ich Stil!«, rief Evelyn in die verdutzte Runde. »Andererseits, liebe Evelyn«, fiel ihr Max ins Wort, »andererseits ist dieselbe Lady Noel Leslie Countess of Rothes – du kannst ihren Namen ruhig nennen –, eine echte Philanthropin«, – was Evelyn nur mit einer unwirschen Handbewegung kommentierte –

»eigenhändig hat sie die Pinne eines großen Rettungsbootes zur *Carpathia* gesteuert.« – »Was der neunmalkluge Maximilian nicht alles weiß!«, versuchte Evelyn ihm den Wind aus den Segeln zu nehmen. In diesem Augenblick tauchte ein Hausangestellter auf und übergab Max ein Telegramm.

Was ich an diesem Nachmittag erlebte, machte mir meinen Max noch lieber, weil er auf eine ganz eigene Art verstanden hatte, sich seiner »Efeumutter« zu entziehen, ohne einen schon längst geschehenen Bruch öffentlich zu machen. Gegen ihren Würgegriff war kein Kraut gewachsen. Man musste schon auf besondere Wege sinnen. Max hatte vorgesorgt, mich aber nicht eingeweiht, sodass ich für einen Augenblick wirklich sprachlos war.

Max hatte die Chuzpe, das Telegramm, das er selbst am Tag zuvor seinem Freund Koerber diktiert hatte, mit dem Ausdruck großer Zerknirschtheit der Tischrunde vorzulesen: Professor Koerber bedaure aufrichtig, ihn bei diesem Jubiläum zu stören, er verbinde dies aber, unbekannterweise, mit Glückwünschen an die Jubilarin. Er hoffe, hieß es weiter, dass das prächtige Geburtstagspräsent, das Max ihm gegenüber erwähnt hatte, sie einigermaßen über den vorzeitigen Aufbruch ihres geliebten Sohnes und seiner bezaubernden Gattin hinwegtrösten werde.

— Was war das für ein Geschenk?
— Es war ein Album mit Reisebildern. Auf jeder Photo-

graphie waren Max und ich abgebildet. Ich glaube, es war nicht ganz nach ihrem Geschmack.

Max müsse, hieß es im Telegramm weiter, leider noch heute Abend nach London kommen, weil andernfalls die Zeit für das morgige Treffen zu knapp sei. Ich wollte schon dazwischenrufen, dass Koerber doch erst übermorgen nach Britisch-Columbien – als mich ein Blick von Max zum Schweigen brachte. Einige Gäste wären wohl zu gerne mit uns gekommen, als er sich mit »Mutter, ich bin untröstlich ... die leidige Pflicht ...« verabschiedete. »Du feiger Eskapist!«, warf Evelyn ihm nach, als wir das Haus verließen. Wir hatten die Kutsche schon bestiegen, als ich sie noch fluchen hörte: »Ihr Schoß soll verdorren!«, doch da kariolte die Droschke schon über das harte Pflaster.

— Ich bin abgeschweift!
— Was sagte Max denn, als du ihm die adlige Visitenkarte gezeigt hast?
— »Ein Scherz – des Buchdruckers!«, lachte er. »Ein Scherz vielleicht, aber gewiss nicht des Buchdruckers«, sagte ich. »Pauline –, du willst doch nicht sagen« – »Du hast dich verplappert. Für welche Miss? Per aspera ad Asta?«

Für einen Augenblick wollte er den Empörten spielen, dann umarmte er mich eine Spur zu erleichtert und küsste mich. Dieser Kuss hat mir nicht geschmeckt.

— Das ist ja eine wilde Patience, die du hier gelegt hast!

Pauline nahm ein Schmetterlingspapier in die Hand, auf dem noch deutlich die Kniffe zu sehen waren, und hielt es gegen das Licht: ein Zeitungsausriss, unvollständig zurechtgeschnitten und zu einem dreieckigen Briefchen gefaltet.

— Hast du die Papiere geordnet?

— Es gibt keine Ordnung.

Pauline las halblaut: ... *Im Stundenplan nimmt die erste Stelle der Katechismus ein. Hiermit verbunden ist das Auswendiglernen von Gebeten und Gesängen der Monumbosprache und der deutschen Sprache.* Was für ein Missionarskauderwelsch! Stell dir das einmal vor! Was für eine Qual! – Und diese braunen Kleckse über der Rubrik »Aus fremden Kolonien und Produktionsgebieten« – Tinte oder Tusche wird es wohl nicht sein?

— Das ist das getrocknete Blut des Falters, der hier eingetütet war. Und hier hat der Sammler ganz dünn *M cypris Muzo* geschrieben und dann noch *VI 20*, das heißt im Juni 1920 erbeutet. Das *M* steht für Morpho, die Gattung.

— Und das *XX* hier am Rand?

— Steht für das Weibchen. Und das ist eine kleine Sensation! Ein deutscher Naturforscher – Otto Bürger – hatte um die Jahrhundertwende diesen kolumbianischen Morpho beschrieben.

Etwas aufgeregt fischte Elsa ein Exzerpt aus ihrer Mappe.

— *Die Morphinen* – so heißen sie wirklich – *wählen nicht, wie man aus dem Namen schließen möchte, mit Vorliebe die späteren Tagstunden zum Flug, sondern schweben den ganzen Tag über im halblichten Walde in mittlerer Höhe umher und gaukeln in der Flucht zu den höchsten Baumwipfeln empor. Für alle ist der ungemein lebhafte, metallische Glanz der Flügeldecken charakteristisch, Azurblau, das wieder jäh in einem matten Perlmuttglanze ersterben kann.* – Und jetzt, hier! – *Der bekannteste ist der »muzo« (Morpho cypris), besonders bei der weltberühmten Smaragdmine von Muzo in der oberen Tierra caliente häufig, aber bis nach Centralamerika hinein verbreitet. Das Männchen ist himmelblau mit gelbweißen Querbinden, das Weibchen dunkelgelb. Letzteres soll sehr viel seltener als das Männchen sein, indessen behaupten die columbianischen Schmetterlingshändler, es fliege viel höher und werde darum nur ausnahmsweise gefangen.* »Ausnahmsweise!« – Schultze hatte das Weibchen gefangen. Ist das nicht großartig!

Pauline hielt die beiden Blätter, das entfaltete Kuvert und das Exzerpt, nebeneinander.

— Du hast recht. So ein Ausriss, wie der aus dem Kolonialblatt, ist wie ein böser Traum – er färbt auf die

Schmetterlinge ab. Hast du selbst schon einmal einen Morpho in freier Natur gesehen?
— Nein, nur in der Sammlung des Museums. Man ist von dem Blau –

Es klopfte an der Haustür. Pauline blickte zur Uhr.
Sie stand auf, verließ das große Zimmer und ging durch das Teezimmer in den Flur. Gedämpft war ihre Stimme zu hören. Ein Mann antwortete ihr. Kräftige Schritte, die sich in der Wohnung verloren.

Warum glaubst du – es war Herr Bartel, der Klempner –, warum glaubst du, sagte Pauline, als sie wieder zurückkam – warum glaubst du – der Duschkopf im Badezimmer ist verkalkt – dass die Morphos schön sind?

Elsa stutzte. Über einen Grund für die Schönheit hatte sie nie nachgedacht. Warum sollte man sich darüber den Kopf zerbrechen? War es nicht reine Spekulation, warum die einen für uns so viel schöner sind als die anderen.

— Wer soll das wissen!

— Vielleicht ist es die falsche Frage – aber es gibt, glaube ich, nur eine Antwort.

— Ich verstehe nicht – rätselte Elsa.

— Die Naturforscher interessieren sich nur am Rande für die sogenannte ästhetische Frage, aber sie blitzt überall durch. Sie ›erklären‹ die Schönheit rein zweckmäßig: ›weil‹ das Männchen für die Paarung besonders auffällig ›gekleidet‹ sein muss, andernfalls würde es verschmäht, oder ›weil‹ dieses tiefe, dunkel schillernde Blau ihn fast unsichtbar vor seinen Feinden macht und er im Blau des Himmels verschwindet.

— Aber das klingt doch sehr plausibel.

Elsa wusste nicht, worauf Pauline hinauswollte.

— Ja, für uns, sagte Pauline. Wir legen einen Zweck fest und unterstellen, dass die von uns entdeckten Erscheinungen, wie das schillernde Blau deines Falters, die Mittel sind, um diesen Zweck zu erfüllen. Ist das nicht ein bisschen simpel? Oder vielleicht ein Trugschluss?
— Nun ja – Schönheit ist vielleicht –, Elsa zögerte. Pauline stieß ganz unerwartet die Tür zu etwas Neuem auf, – ein Exzess? Meinst du das?
— Was Otto Bürger so verzückt und was er über die Morphos schreibt, ist ein Überschuss. Und eben weil es nicht zu erklären ist, weil die Gründe, die wir für die Schönheit anführen, vollkommen unzureichend oder sagen wir herbeigewünscht sind, gibt es nur einen einzigen Grund, warum sie schön sind – weil die Natur spielt, mit anderen Worten: Weil es keinen Grund gibt!

Elsa verschlug es die Sprache – »Weil die Natur spielt. – Weil es keinen Grund gibt?«

Als wäre »kein Grund« ein verborgenes Stichwort, fiel Elsa der Traum aus der vergangenen Nacht wieder ein, der schon gänzlich verwelkt schien. Auf einem Ausflug mit Uli war sie an den Rand eines riesigen Tagebaugeländes gekommen. Tief dort unten, hatte er ihr erklärt, würden Schwerspath und Rotliegendes gebrochen. Er wiederholte diese Worte mehrmals. Die Maschinen und die Menschen waren so winzig, dass sie erschrak. Sie legten sich auf die Erde und robbten sehr nahe bis zur Abbruchkante vor. Dann schwebte sie mit ihm über diesem riesigen Loch. Sie breitete im Flug ihre Arme aus, griff nach seiner Hand und genoss die fernen Geräusche von Maschinen und Menschen, sie drehte sich im Flug auf den Rücken, als läge sie auf dem Wasser und blickte in den weit aufgeschlagenen Himmel. Als sie tiefer sanken, sagte er, dass hier der bononische Stein gebrochen wurde. Wenn er lange in der Sonne gelegen hat, leuchtet er im Dunkeln.

Dann riss der Traum ab.

In jüngster Zeit hatte sie plötzlich keine Lust mehr, ihre Träume zu deuten. Es war eine Glosse von Savinio, die ihr eine ganz neue Sicht auf den Traum geschenkt hatte: »Warum die Träume nach *ihrer Ähnlichkeit mit der Wirklichkeit* interpretieren?«, schrieb er, »warum ist man noch nicht darauf gekommen, dass der Traum, der für den wachen Menschen ein Rätsel ist, *keines* für den Träumer ist? Um Träume zu verstehen, *muss man sich in einen Träumer verwandeln* ... Um die Träume zu verstehen, muss man darauf verzichten, sie mit den Wahrheiten des Wachseins zu kolonisieren ... Um Träume zu verstehen, muss man sie von allem reinigen, was nicht zu ihrem eigenen Wesen gehört, sondern ein Rest unseres menschlichen Wissens im Zustand des Wachseins ist und was irrtümlich in den Traum eingegangen ist. ... Um Träume zu verstehen, muss man darauf verzichten, Träume zu verstehen.«

Sie fühlte sich wie befreit von der Interpretationssucht, die unter ihren Kommilitonen wie eine Mode um sich griff.

Für einen Augenblick hatte Elsa den Faden verloren, dann wiederholte sie noch einmal für sich Paulines wunderlichen Satz über den grundlosen Grund der Schönheit von Schmetterlingen.

Elsa nahm einen Zeitungsausriss, auf dem die Faltungen noch gut zu erkennen waren.

— Hier, sieh' mal – die abgerissene Hälfte einer Kolumne aus der *New York Times Book Review!*
— Wie kommt der Mann im kolumbianischen Bergland an die *Times?!*, rief Pauline aus. Ich kann mich noch sehr gut an den Tag erinnern, an dem ich die *Times* richtig lesen konnte, ich hatte das Gefühl, wie durch eine Drehtür in eine unbekannte Lounge gewirbelt zu werden. Ich war heimisch geworden in der riesigen Stadt. Es war am 27. Januar 1901 – ich habe mir das Datum gemerkt, es war Maxens Geburtstag –, da stand in der *Times* ein bewegender Nachruf auf Giuseppe Verdi. Einen Satz habe ich mir gleich in mein Büchlein geschrieben.

Pauline holte ein sehr abgegriffenes schwarzes Wachstuchheft aus dem Sekretär.

— »*Crowds have been assembling to read the bulletin, which were posted in music stores in most of the towns.*« Ich habe mir vorgestellt, wie Trauben von Menschen sich in ganz Italien vor Musikalienhandlungen drängeln, um etwas über den Gesundheitszustand ihres Helden zu lesen! Was musste das für ein Land sein! Später habe ich gelesen, dass die Mailänder vor Verdis Wohnung die Straße mit Stroh ausgelegt hatten, um das Pferdegetrappel zu dämpfen. Als ich am Sonntag darauf mit dem Omnibus zur Hester Street fuhr, wo die italienischen Auswanderer wohnten, habe ich viele Fenster schwarz verhängt gesehen. Es war alles so still wie sonst nie.

Ich dachte auch an Herrn von Tassell und seine Frau Theodora, die ich auf dem Schiff nach Neu York kennengelernt hatte, und da fiel mir auch wieder ein, was Theodora mir zugeflüstert hatte.

— Herr von Tassell? Theodora?

— Herr von Tassell? Der war schon eine ganze Weile auf dem Schiff um mich herumscharwenzelt. Als ich dann einmal etwas ratlos in der *Berlitz Method* geblättert habe, hat er sich vorgestellt und dabei gleich auf seine Frau gezeigt, die nicht weit von uns entfernt im Deckchair lag, das war Theodora.

Pauline ging an ein Bücherregal und zog ein sehr schmales kartoniertes Buch mit goldenem Prägedruck heraus. *The Berlitz Method – Illustrated Edition for Children.* Aus dem Buch ragte ein spitzes Merkerchen heraus.

— Das hat Max mir zum Abschied noch zugesteckt. »Wenn du drüben bist, sprichst du englisch!«, hat er mir zugerufen, als würde man mit der Überfahrt automatisch auch in der neuen Sprache ankommen. »Ich leg's mir unters Kopfkissen!«, habe ich zurückgerufen und mit dem Buch gewunken, aber er konnte mich nicht mehr hören, weil die Schiffssirenen mit ihrem Tuten alles übertönten. – Bei der *Berlitz Methode* darf man sich nur in der Zielsprache unterhalten.

— Das muss ja ein schönes Gestammel sein, lachte Elsa.

— Ich glaube nicht, dass Max in das Büchlein überhaupt

hineingesehen hatte. Ich war richtig erbost, aber dann entdeckte ich am Ende eine Lektion, die mich sehr verwundert hat. Ich habe die meisten Geschichten vergessen, aber diese hat mich irritiert.

The Negro – las Elsa – Frank goes on a journey with his grandfather. Arriving at the station, the conductor shows them into the railway carriage. They get in, take seats and grandfather, who is very fond of smoking, pulls his pipe out of his pocket to fill it. At this moment he feels somebody pull his arm violently. Turning round he sees his grandchild, pale and his eyes sticking out of his head. "There, there", Frank stammers, "grandfather, look! A black man! He will eat us! I am afraid! I am afraid!" Clutching his stick between his two hands he gets as close as he can to grandfather. The latter turns round and is frightened at seeing near him a as black as coal, with large eyes and shining, white teeth. It is a negro, servant in a family just arrived from America. As there are no negroes in European villages, our two travellers have never seen one and grandfather does not feel at ease. He moves away as far as possible.

At first the negro pays no attention to them. He smokes a cigar and looks out of the window, but when he sees that grandfather has filled his pipe, he offers him a match speaking more politely than many a white person. Surprised and pleased, grandfather accepts the match and says: "Thank you, sir." Finding that the negro speaks and understands, Frank takes heart, casts off his fear and long before the end of the trip he and the negro are good friends.

Elsa blätterte in dem Buch. Die Texte waren offenbar für mustergültige Kinder geschrieben, die nur mustergültige Dinge erlebten.

Im Zimmer wurde es dunkel.

— Hast du mit Herrn von Tassell über diese Lektion gesprochen?

Pauline trat ans Fenster.

— Heute kommt noch ein Gewitter, hat der Wetterfritz gesagt.

— Wetter wer?

— Der Wetterfritz. Er zieht über die Dörfer, er sagt den Bauern das Wetter vorher, dafür bekommt er Almosen – einen Kanten Brot, eine Suppe, im Winter Speck, Bier und Schnaps.

— Ein Landstreicher?

— Eher ein Dorfwanderer. Er zieht in weiten Kreisen über die Dörfer. Er wurde bei Verdun verwundet. Er hat eine Silberplatte im Schädel, leidet häufig unter Kopfschmerzen und zieht ein Bein nach. Meistens kommt er bei Sonnenaufgang von Osten, von Solnhofen den Berg herauf, geht durchs Dorf, schaut bei den Bauern vorbei und verschwindet Richtung Büttelbronn, nach Rehlingen und noch weiter, manchmal bis hinüber ins Ries. Die Kettenhunde bellen nicht, wenn er vorübergeht.

— Pauline, diese Story aus dem Englischbuch–

— Alfred hat mir dann auch ohne die *Berlitz Methode* englisch beigebracht, ich meine, er hat mir bei der Aussprache geholfen. »Du musst deine Zunge in fremden Sprachen baden«, solche Sachen hat er gesagt.

Eine Tür fiel ins Schloss.
— Das wird Manda gewesen sein. Sie geht kurz nach vier.
— Ich habe sie gar nicht bemerkt.
— Man hört sie nur, wenn sie geht. –

— Und Theodora?
— Theodora hatte häufig Migräne, immer war ihr kalt. Sie hat zu ihm gesagt, er solle sich ein wenig um mich kümmern, hat er mir erzählt. Eingemummt in ihre karierten Plaids lag sie den ganzen Tag auf Deck, und wenn Alfred, ich meine Herr von Tassell, und ich auf unserem Bordspaziergang an ihr vorbeikamen, hat sie eisern gelächelt und uns mit ihren grünen Wildlederhandschuhen zugewunken. Sie hatte immer Konfekt bei sich. Er war Finnlandschwede, Stoffhändler aus Pori. *English Woollen en gros,* Abstinenzler, er hat schwedisch, finnisch, deutsch und russisch gesprochen und englisch wie ein Amerikaner. Ein stattlicher Herr, kurzer graumelierter Bart, fast weißes Haar, struppige schwarze Brauen und himmelblaue Augen. ›Husky‹ habe ich ihn einmal geneckt, obwohl ich bis dahin noch nie einen gesehen hatte, nur bei einem kurzen Landgang in Southampton auf einem Emailschild für einen Hustensaft, ein Schlittenhund mit einem Shawl um den Hals. »Das werde ich Theodora aber nicht erzählen. Sie mag nämlich keine Hunde«, lachte er.

Einmal hat Theodora mich zu sich gewunken und mir

ins Ohr geflüstert, während Alfred dezent Abstand hielt: »Sieht er nicht aus wie der göttliche Verdi!« – Ich habe nur hektisch genickt, ich hatte doch keine Ahnung, wie Verdi aussah!

— Und habt ihr später noch einmal über den »Negro« in dem Berlitzbuch gesprochen?

— »Das ist ein Märchen«, hat er gesagt. »Ein finsteres Märchen! Lachhaft! Kein englischer Bauer würde einen ehemaligen Sklaven oder einen seiner Nachkommen, auch wenn er jetzt eine Livree trägt, mit ›Thank you, sir‹ ansprechen. Und dass der kleine Frank sich mit dem Diener anfreundet – ich weiß nicht ...« – »Aber vielleicht hat der Verfasser es phantasiert, weil er zeigen wollte, dass es so auch geht?« – »Vielleicht, ja vielleicht – aber warum lässt er den Diener kein Wort sagen, fällt dir das nicht auf? Warum bleibt er stumm und hat keinen Namen?« – »Ja, das stimmt. Irgendwas ist daran schief.« – »Es ist eine falsche Idylle.«

— War Herr von Tassell in dich verliebt?
— Er war sehr aufmerksam.
— Und seid ihr–
— Das war wohl sein Ansinnen–
— Und du?
— Ich? – Oh, Gott! Jetzt fällt es mir wieder ein, er stand ja neben mir an Deck, als eine Bö mir das Telegramm von Max aus der Hand riss, ehe ich es überhaupt gelesen hatte! »Kismet!«, hat von Tassell ausgerufen. – Ich habe

ihn angestarrt, er hat mich umarmt und mich über den Verlust getröstet.

Pauline hielt die Hand vor den Mund, ihr Blick wurde fahrig und blieb auf dem Glasbild an der Tapetenwand hängen.

Elsa folgte Paulines Blick. LORD NELSON COMMANDING THE VICTORY, OCT. '21 stand in Messing geprägt auf dem Rahmen unter der Glasmalerei.

An Deck eines großen Segelschiffs steht im Vordergrund, mit gezogenem Säbel, Lord Nelson, den Kopf leicht gewendet, die Augen in die Ferne gerichtet. Hinter ihm liegt, von der stehenden Figur leicht verdeckt, mit Blick zum Betrachter, derselbe Nelson noch einmal, in den Armen seines Lieblingsoffiziers Hardy. Fast eine Pietà. Hardy hat sich zu ihm hinabgebeugt, um das letzte Wort des tödlich Verwundeten entgegenzunehmen.

Elsa sah das kleine Bild zum ersten Mal; sie konnte den Blick nicht von der gestikulierenden Gestalt und dem Gesichtsausdruck Nelsons lösen, zu verwirrend überlagerten sich für sie die Züge dieses blassen und schwermütigen Gesichts, die hohen Schläfen, der verlorene Blick und die weichen, leicht geöffneten Lippen mit der Erscheinung des jungen Dirigenten, den sie vor wenigen Monaten in Stuttgart gesehen hatte. Überraschend hatte ihr ein Unbekannter eine Karte für die »*Verkaufte Braut*« geschenkt, als sie das Foyer wieder verlassen wollte, weil die Premiere ausverkauft war.

Sie saß in der Loge weit rechts. Das Gesicht des Dirigenten lenkte ihr Opernglas von der Bühne weg zu seiner Gestalt hin, zu den rhythmisch fließenden, unablässig lockenden, das Orchester umarmenden Bewegungen seiner Arme und Hände, getragen von der wie schwerelosen Lässigkeit seines tänzelnden Körpers. Fast erschrocken aber war sie über seine atemberaubenden ›Aussetzer‹, – es fiel ihr kein anderes Wort ein für das, was sich dort auf dem Dirigentenpult abspielte oder vielmehr für das, was fast unvermittelt aufhörte, als würde der Dirigent neben sich treten. Seinen hellen Kopf leicht zur Seite geneigt, gab er sich wie in Trance dem Klang des Orchesters hin, den er doch selbst provoziert hatte, und horchte ihm für einen zeitenthobenen Augenblick nach. Gedankenverloren verharrte er, leicht gegen das schmale Geländer in seinem Rücken gelehnt, reglos entrückt in dieser Haltung, um im allerletzten Augenblick wieder seine Arme zu heben und den Reigen erneut zu eröffnen.

— Das ist mir gerade wieder in den Sinn gekommen, hörte Elsa Pauline sagen.

— In welchen Sinn?

— Nelsons letzte Worte – »Kismet, Hardy«.

— Ich verstehe nicht–

— Schicksal, Kismet. Von Tassell aber hat behauptet, Nelson habe »Kiss me, Hardy« gesagt.

— Ach ja? Und woher wusste er das?

— Woher ›weiß‹ man ein Gerücht? Pauline lachte.

— Ich finde, beides passt.

— Das ist vermutlich der Sinn des Gerüchts.
— Und dieses bemalte Glasbild hier –? Elsa deutete auf Nelson.
— Eine lange Geschichte.

— Ist das ein Gedicht, das hier – in Steno?

Elsa deutete auf das eng beschriebene Vorsatzpapier.

— Oh, das! Du kannst doch stenographieren?

— Ich möchte es nicht drauf ankommen lassen.

— Solltest du, ist sehr hilfreich. – Ach, was sollte man nicht alles! – Der Brunnen«, von Tjutschev. Von Tassell konnte es auswendig, russisch und deutsch.

Pauline las Elsa das Gedicht vor. Schon nach den ersten Worten fing sie zaghaft an zu gestikulieren und wurde unmerklich von einer sanften Erregung erfasst.

*Sieh, wie der lichte Strahl sich ballt,*
*Sich zur leibhaftigen Wolke rundet;*
*Sieh, wie sein feines Sprühen, kalt*
*Entflammt, im Sonnenschein verdunstet.*
*Sieh, die Fontäne steigt und steigt,*
*Sie rührt ans Höchste, ans Ersehnte*
*Und sinkt dann doch als Staub ganz leicht*
*Herab – hienieden muss sie enden.*

*O menschliches Gedankenspiel –*
*Fontäne, niemals zu erschöpfen!*

*Was spannt, was beugt dich, welches Ziel*
*Ist dir bestimmt vom unerkannten Schöpfer?*
*Mit welcher Lust drängst du nach oben! ...*
*Durch des Schicksals unsichtbare Hand*
*Biegt deinen strammen Strahl zum Bogen,*
*In Spritzern sinkst du auf den Brunnenrand.*

— Das Gedicht ist ja selbst eine Fontäne!, rief Elsa aus. Und wie wunderbar es übersetzt ist.
— Die Fontäne, die vor einem herabsinkt, verglich von Tassell mit dem Handkuss, mit der »Akkolade«, wie er es nannte, die er mir beigebracht hatte. Ich musste *ihn* spielen und er *mich* – ich meine, wie man den Kuss, das heißt die Hand gibt und entgegennimmt. Natürlich immer nur in geschlossenen Räumen.
— Wollte er dich damit locken?
— Mit einem Handkuss?
— Nein, mit dem Gedicht.
— Aber wohin denn locken?
— In die russische Sprache.
　Pauline stutzte. Sie lachte.
— Daran habe ich nie gedacht. Jetzt, wo du es sagst. Ich würde ihm das zutrauen. Theodora sprach ja nur schwedisch und deutsch.
— Hat er denn geglaubt, dass ihr euch wiederseht? Ich meine, eine Schiffsbekanntschaft–
— Er tat, als wäre er davon überzeugt. Vielleicht wollte er mir damit den Abschied erleichtern. Oder sich.
— Und du?

— Ich weiß es nicht mehr. Ich glaube, er war ein bisschen eifersüchtig auf Max, weil der so verschwenderisch war, obwohl er ihn ja nur aus meinen Erzählungen kannte.
— Und die Straße auf der Ansichtskarte, die du Max aus New York geschickt hast?
— Morton Street? Da habe ich gewohnt, in einer Pension, im Winter 1899. Der Photograph hatte mir die Karte geschenkt, Mister ... Ihre Lippen geisterten halblaut durch einige Namen.

Elsa war hinter sie getreten und hatte sich über sie gebeugt. Der schwache Duft von Mouson Lavendel. Paulines weißes Haar war locker hochgesteckt, um den Hals trug sie eine dunkel gesprenkelte Bernsteinkette. Zum ersten Mal fielen Elsa die sehr schmalen, ineinander verflochtenen Ringe an Paulines Hand auf.
— Hier steht ganz klein gedruckt *John M. Soule, Jr.*
— Richtig! Mr. John. Immer in Schwarz. Ein schlanker Schatten. Chimney sweeper haben wir ihn genannt. Er hatte so schlanke helle Hände – »Hebammenhände« – hat er gesagt, als ich sie einmal bewundert habe. Manchmal hat er mich durch sein Stereoskop gucken lassen. Einmal habe ich ein Photo betrachtet, das sein Vater Ostern 1865 von dem aufgebahrten Präsident Lincoln gemacht hatte. Um das Stereobild hat er eine Laubkrone drapiert. Eine Photographie in der Photographie. Wie eine Reliquie. *Skeleton Leaves* hat er sie genannt. Mr. Soule hat damit gehandelt.

Der arme Mister Lincoln.

Pauline stand auf und trat ans Fenster. Sie blickte in eine ungreifbare Ferne, sie öffnete den Mund, und ein lange schlummerndes Wort, ein Name, ein Klang stieg auf und zerplatzte zu einem leisen Seufzer: »Mr. Soule!« Sie legte die Karte zurück und klappte das Buch zu.

Sie zog die Stores zurück. Ein Lastwagen zog mit einer Staubschleppe vorüber. Sie blickte über das Dach der flachen Werkhalle auf die Kalksteinschütten. Die Abraumhalde war seit vielen Jahren stillgelegt, die Steine flechtenbunt verwittert. Verkrüppelte Birken und kleine Föhren zwängten sich durch die wild aufgetürmten Platten. Ein Schienenstrang ragte ins Leere, eine rostige Lore klaffte über dem Abgrund. Als die Schleifmaschinen eine nach der andern ausgeschaltet wurden, drangen aus den Gruben in raschen Abständen helle und dumpfe Hammerschläge. Mit ihren langen Hämmerchen prüften die Steinbrecher die großen Platten auf ihre Güte. Wie nach Luft japsende Fische durchstießen die hellen Töne die Geräusche auf der Straße.

An einem Tag im August 1887 hatte Paulines Vater, der Kantor Immanuel Nadler in seinem dunklen Anzug am äußersten Rand einer Steinschütt in der Langenaltheimer Haardt gestanden und unverwandt nach Westen auf das Dorf mit seinen zwei Kirchen geblickt. Die hellgelb schraffierten Stoppelfelder mit den aufgestellten Garben stießen an ein kleines Wäldchen. Aus dem schütter bewachsenen Gelände zwischen dem Dorf und den Steinbrüchen ragten die Reste des römischen Limes auf, als hätte eine Riesenhand ein Lineal tief ins Erdreich gedrückt. Wie ein Cigar-Store-Indian stand Immanuel Nadler mit verschränkten Armen auf der Anhöhe und schaute ins Land.

Als Pauline Jahre später in New York eine solche Figur vor einem Tabakladen sah, musste sie nach langer Zeit wieder einmal an ihren Vater denken. Immanuel rührte sich nicht, auch nicht, als sie ihm schon aus der Ferne, von der Straße her zuwinkte und ihn anrief. Als er nicht antwortete, auch nicht zu ihr hinblickte, wollte sie nicht weitergehen und umklammerte fester die Hand des Onkels. Eine Woche später starb ihr Vater, ohne ein Wort gesprochen zu haben – »mit kummervollem Herzen«, wie der Pfarrer am Grab sagte. Er habe den Tod seiner Frau im Jahr zuvor nicht verwinden können. Innerhalb eines Jahres war die fünfjährige Pauline Waise geworden.

Das helle Getrappel der Pferde vor der schwarz verhängten Kutsche war ihr deutlicher im Gedächtnis geblieben als der schweigsame Vater und die schwarz gekleidete Mutter. Ein einziges Ereignis, das sie unauflösbar mit ihm und seiner polternden Stimme verband, war ihr haften geblieben, so sehr, als hätte sie es selbst erlebt: der Kugelblitz. Der Kantor war vor Jahren in der Johanniskirche während des Orgelspiels von einer, wie er sagte, »Naturerscheinung« in Angst und Schrecken versetzt worden. Er wurde nicht müde, immer wieder davon zu erzählen, wohl auch weil niemand im Dorf außer ihm eine solche Kugel je gesehen hatte. »Ein gezacktes Blitzrad. Wie Rumpelstilzchen. Gleißend hell raste es durch das Kirchenschiff bis zum Altar, an der Decke hoch, quer über die Orgel und weg war der Spuk.« Sein Haar sei binnen weniger Augenblicke schlohweiß geworden. »Hier!«, sagte er dann und fuhr sich durch sein struppiges Haar.

Schon vor dem Tod ihrer Mutter hatte Pauline die meiste Zeit bei ihrem Onkel verbracht. Der Pfarrer hatte das diskret in die Wege geleitet. »Die Frau ist schwermütig. Das tut dem Kind nicht gut.«

Der Onkel, ein Gärtner, war es auch, der mit ihr in die Pilze ging oder über die Felder, vorbei an den undurchdringlichen Schlehen- und Berberitzenhecken mit ihren ohrenbetäubenden Vogelstimmen oder zu den

Teichen und Rinnsalen, wo die Wasserspinnen, Molche und Salamander sich tummelten. Einmal hatte er ihr einen Kuckuck gezeigt. Unvergesslich, wie sein Finger noch in der Luft blieb, als der dicke quergestreifte Vogel schon lange an ihnen vorbeigeschnarrt und im nahen Wald verschwunden war. »Der kommt aus Afrika und da fliegt er auch wieder hin.« Schon vor dem Eintritt in die Schule hatte sie lesen und schreiben gelernt. Das quälende Harmoniumspiel hatte ihr noch ihr Vater beigebracht. Das Klavier des Onkels war eine Erlösung.

Nach dem Tod des Vaters lebte sie bei ihrem Patenonkel. Und Marie, die Tochter des Nachbarbauern, wurde ihre einzige Freundin.

Pauline schloss das Fenster.

— Herr von Tassell hat damals gesagt, ich solle doch meine Geschichte aufschreiben, das könne »ein hübscher kleiner Roman« werden.

— Ich denke, er war Textilgroßhändler?

— Das habe ich auch geglaubt, so stand es auf seiner Visitenkarte. Er hat sich aber, entschuldige das Wortspiel, nicht in die Karten schauen lassen.

— Was hast du ihm denn erzählt?

— Meine Geschichte.

— Einfach so? Oder hat er dich ausgehorcht?

— Das musste er gar nicht. Ich war kein Kind von Traurigkeit – und allein nach Neu York unterwegs.

Pauline betrachtete ihre Hände, als wollte sie die Maniküre prüfen.

— Er war charmant. Ich habe ihm vertraut.

— Und wie sollte die Geschichte anfangen?

— Herr von Tassell sagte, man solle »einen gewissen Aplomb nicht scheuen«–

— Das klingt aber sehr geschwollen.

— Nun ja, er drückte sich gerne »gewählt« aus. Er hatte sich auch einen »Mustersatz« zurechtgelegt.

— Das heißt, er hat sich sofort über deine Geschichte

hergemacht, hinter deinem Rücken? Und wie lautete dieser »Mustersatz«?

Pauline hob leicht den Kopf. »It was a hot day in July. – The hottest I can remember. – We were out in the fields for the harvest.«

— Warum auf englisch?

— Wir waren auf Berlitz eingestimmt. Aber tatsächlich war das dann der erste Satz in seinem Feuilleton.

— Er hat tatsächlich die Story geschrieben und sie ohne deine Einwilligung veröffentlicht?

— Ich hatte es längst vergessen, bis ich Jahre später von Marie wieder einmal Post bekommen habe. Sie hatte diese Geschichte in der *Illustrirten Welt* entdeckt. Sie fragte mich etwas fassungslos, ob das »meine Geschichte« sei, die da aufgetischt wurde? Ich habe ihr geantwortet, dass ich glaube, von Tassell habe es nicht verwinden können, dass ich mit ihm nicht habe intim werden wollen. Er hatte mir einmal im Scherz gedroht, diese Geschichte ein wenig auszumalen und irgendwo unterzubringen, und er hat damit die Erinnerung an unsere schwebend schöne Zeit umgebracht.

Elsa blätterte vorsichtig in der dünnen Zeitung, die Pauline nach einigem Suchen wiedergefunden hatte.

— *Jonathan Husk* – wie lächerlich! Selbst den Spitznamen hat er von dir gestohlen.

Pauline lachte.

— Von meinem Leben in Neu York wusste er gar nichts.

Elsa hatte Mühe mit der Fraktur, halblaut las sie.

### Mademoiselle Paulina –
### die kesse Ausreißerin!
Eine pikante Geschichte aus dem
New-York unserer Tage.
#### Von Jonathan Hust.

Es war ein heißer Julitag. Der heißeste seit Menschengedenken. Bauern, Knechte und Mägde waren zur Ernte auf den Feldern. Paulina, eine erwachende dunkle Schönheit

— Bist du das?

— So hat er sich das wohl gedacht!

stöhnte unter der sengenden Hitze und der unbarmherzigen Arbeit. Sie saß am Feldrain im Schatten, trank hin wieder aus einer Blechflasche und aß eine Birne. Ihre Bluse war weit aufgeknöpft, der Schweiß rann an ihrem schönen Hals hinab, mit dem Strohhut fächelte sie sich ein wenig Luft zu. Ruppert, der Pferdeknecht wollte sie necken und warf mit kleinen Steinchen nach ihr. Paulina spürte es nicht. Ihre Gedanken schweiften ab. Sie hatte sich unsterblich verliebt, und keiner wußte etwas davon. Nur ihre Freundin Magda hatte sie in das süße Geheimnis eingeweiht. Sie ist auch die einzige, die wußte, daß Paulina ihre Unschuld verloren hatte! Paulina hat sich einem Fremden hingegeben, einem dreisten Pelzhändler aus \*\*\*. Nachdem dieser sie mit Komplimenten überhäuft und mit Versprechungen gelockt hatte, wurde die Unerfahrene ein willfähriges Opfer seiner Wollust. Auf dem Jahrmarkt war er aufgetaucht, – ein Mann von Welt in den Augen der leicht verführbaren Jungfrau. Als ihr Beschützer bewahrte er sie galant vor den schmutzigen Zudringlichkeiten der Schausteller — und gewann so im Handumdrehn ihr Vertrauen. Dann kannte er kein Halten mehr. In einem Waldstück lockte er sie auf ein schattiges Plätzchen, ein Wasserfall rauschte in der Nähe. Paulina war wie von Sin-

— »Dreister Pelzhändler!« und »Wasserfall!«. Es lohnt sich nicht, weiter zu lesen. Von Tassell ist nicht viel eingefallen, er hat jede Einzelheit, die ich ihm erzählt habe, aufgebauscht und dort, wo es ihm an »pikanten Details« mangelte, einfach wild drauflos spekuliert. Seine überhitzte Phantasie hat diese Paulina in erotische Abenteuer verwickelt, nachdem er die Liebesszene schamlos ausgewalzt hatte. Seltsam, dass einer beim Schreiben so viel weniger Einfühlungsvermögen an den Tag legte als im persönlichen Umgang. Ehrlich gesagt hatte ich ihm eine derartige Entgleisung gar nicht zugetraut. Saurer Kitsch! Aber wenn einer schreibt, ist er ja ohnehin ein anderer.
— Und wie ist es dir–
— Ach, ich fühlte mich getäuscht. Es ist so lange her. Ich hatte beim Lesen das Gefühl, er wollte sich zwischen Max und mich drängen.
— Und Max?
— Hat diesen Mist nie zu Gesicht bekommen.

Pauline schenkte Elsa Tee nach.
— Auf dem Volksfest, auf dem ich Max zum ersten Mal begegnete, bin ich erst am 9. September gewesen. »*Am Tag nach Mariä Geburt da sind die Schwalben furt*«, sagen die Bauern. Es war ein Samstag.
Beim Kartoffelfeuer im Jahr davor hatte Marie mir einmal gesagt, dass sie am liebsten abhauen würde. Einfach so, nach Amerika. Wie sie geschwärmt hat, ich werde es nicht vergessen. Die Kartoffelfeuer habe ich vermisst in Amerika. Diese rauchenden Fackeln über

den Feldern, die mit der Dämmerung immer röter wurden. Ein weiter Ring aus schwelenden Feuerhaufen am Horizont. Bei den Vulkanen auf Kamtschatka musste ich wieder an sie denken. Ein weitläufiger Verwandter von Marie, ein Schmied, der Gottfried, war schon vor Jahren nach Amerika ausgewandert. Sie konnte sich kaum mehr an ihn erinnern. Der hatte sich nach einem Streit einfach aus dem Staub gemacht. Einmal hat er nach Hause geschrieben, dass es ihm gut geht, hat sie gesagt. Ihr Fernweh hat mich angesteckt.

— Aber hat dir New York nicht Angst gemacht, ich meine, die Vorstellung mit einem Mal so ganz allein zu sein?
— Meine Neugier war stärker als die Angst.
— Und sie war auch stärker als die Trennung von Max? – Für so lange Zeit!
— Das kann man nicht gegeneinander aufwiegen. Außerdem habe ich mich das nie gefragt. Hätte ich es, wäre ich wahrscheinlich kreuzunglücklich geworden.
— Hat dein Max dir denn versprochen, dass er nachkommen würde?
— Nein. Und irgendwie hat mich das fast erleichtert, so seltsam das klingt.

Pauline ging in die Bibliothek und kam mit einer Schallplatte zurück. Vorsichtig hob sie den Tonarm an und suchte eine bestimmte Rille. Leise knisternd erklang ein Lied.

*Sing to us, cedars; the twilight is creeping*
*With shadowy garments, the wilderness through;*
*All day we have carrolled, and now would be sleeping,*
*So echo the anthems we warbled to you ...*

Pauline sang leise mit, an einigen Stellen wechselte sie in die zweite Stimme, noch im Refrain *While we swing, swing, and your branches sing*, wendete sie sich von Elsa ab, um ihre Rührung zu verbergen.
— Ich werde noch sentimental! Dieses Wiegenlied hat der Pianist an Bord der *Kaiser Wilhelm II.* zweimal für mich gespielt und dazu gesungen, »von Pauline für Pauline« – weil die Verfasserin Pauline hieß, Pauline Johnson, eine Halbindianerin. Das hat mir natürlich geschmeichelt. Ich hatte das Lied längst vergessen, bis ich nach langem Warten endlich im April 1900 einen Brief von Max erhielt. Ich habe ihn zur Arbeit mitgenommen, in den Botanischen Garten der Bronx, und in dem Augenblick, als ich ihn in der Mittagspause auf einer Bank in der Sonne lesen wollte, kam ein Junge auf mich zu, vielleicht zwölf Jahre alt. Ich sehe ihn noch vor mir, etwas linkisch und beflissen, in kurzen Hosen, er hatte sehr helle Augen und wollte unbedingt etwas wissen, seine Mutter wartete in der Ferne unter einem Sonnenschirm, sie war gespannt, ob er mich wirklich ansprechen würde. Der Junge sagte, und ich dachte erst, er wolle sich über mich lustig machen – »My name is Alfred, Miss, excuse me how old are these trees?« und deutete auf die Zedern im Arboretum. »Alfred?«, wie-

derholte ich. »Yes, Alfred, Miss. Do you know me?« – »You mean, the cedars! – oh, they are quite young«, und mit diesem Wort, sowie ich es ausspreche, kommt auch das Lied auf dem Schiff zurück, wo ich mich trotz Herrn von Tassell manchmal sehr allein gefühlt habe und wohl auch wegen ihm. Ich kann gar nicht sagen, was mich an dem Lied so berührt hat, der Name Pauline allein kann's ja wohl nicht gewesen sein! Weil die Vögel die Zedern bitten, sie in den Schlaf zu singen?

Pauline nahm die Schallplatte wieder vom Teller.
—— Wie viel wusste von Tassell über eure Affäre?
Pauline blieb im Türrahmen stehen.
—— ›Affäre‹?! Max hat mir schon nach dem zweiten Mal gesagt, als er wieder nach Nürnberg zurückfuhr: »Du bist keine Affäre für mich!« Ich habe ihn gar nicht verstanden, ich war wütend. »Aber, was denn dann?« – »Mir ist es ernst.« – »Ist es so schlimm?«, habe ich ihn gefragt. »Du bist ja ein richtiges kleines Luder!« – »Sag' das nie wieder!«, habe ich ihn angefaucht und eine Ohrfeige verpasst. Er war so verblüfft, dass er für einen Augenblick überhaupt nicht wusste, wie ihm geschah. Er hat sich mit der Hand über die Wange gestrichen und nur gesagt »Die hab' ich jetzt wohl verdient.«

»Heute ist dein Geburtstag«, hatte der Onkel die kleine Pauline eines Morgens geweckt und ihr einen Abakus geschenkt. Innerhalb weniger Wochen hatte sie neben schreiben auch noch rechnen gelernt. »Heute ist der achte achte Achtundachtzig!« Und weil der Onkel seine Stimme am Ende nicht senkte, hatte Pauline rasch verstanden, dass es um die Zahlenreihe selbst ging. Diese war, außer ihrem Geburtstag, das Ereignis. Zusammen stolzierten sie nach dem Frühstück in Elferschritten rückwärts durch das Jahrhundert. Sie wollte wissen, was in den vergangenen ›Elfen‹, so nannte sie es, gewesen war. Wie die Vor- und die Vorvorfahren geheißen hatten, ob ihr Haus schon gestanden hatte, wann der Kaiser Napoleon besiegt worden war, ob die Wolken damals so gewesen wären wie heute, und wer im Dorf alle Elfenschritte zurück bis zum 11. November 1811 gegangen war. Pauline wähnte sich unversehens in einen anderen Raum versetzt, als sie die ›Elfen‹ laut und mit wachsender Begeisterung aufrief. Eine sehr hohe Säulenhalle war es, in der sie auf und ab gehen konnte. Ein Kirchenschiff, das von Ferne, aber näher kommend wieder nicht, der Lorenzkirche in Nürnberg ähnelte, in der sie zum ersten Mal zu Weihnachten gewesen war.

In den Seitengängen war es dunkel, da traute sie sich nicht hinein.

»Und was wird am neunten neunten neunundneunzig sein?«

Der Onkel malte nur sehr allgemein die Zukunft vor ihr aus.

»Die jungen Bäume und Sträucher werden dann fast ausgewachsen sein, die sibirische Birke schneller als die Kastanie, die Katze wird vielleicht noch leben – und du, ja du«, sagte er, »du wirst ein großes Mädchen sein – ich meine, eine junge Frau.«

— »Ein großes Mädchen«, hatte er gesagt, doch auf einmal hatte er ein ernstes Gesicht aufgesetzt, wie eine Maske, fahl und fremd, und etwas von der ›Vorsehung‹ gemurmelt, ein Wort, das ich nicht vergessen habe, aber auf das ich mir mit meinen fast sechs Jahren keinen Reim machen konnte. Er hat überhaupt oft von der Vorsehung gesprochen, manchmal auch von der *Hand* der Vorsehung, und ich habe mir seine Hände angesehen: diese knotigen Gärtnerhände sollten zur *Vorsehung* gehören? Die gab es nicht im Märchen und nicht im Kindergottesdienst, die war ungreifbar wie der Wind und unvorhersehbar wie das Wetter. Hände ohne Körper, als würden sie aus einer Wolke herabfahren. Der Onkel war mit einem Mal ganz wortkarg geworden. »So nah an der Schwelle?«, sagte er, »wollen wir das wirklich wissen?«

— Am selben Tag verlor der Araunerkarl beim Kippen einer Lore das Gleichgewicht. Als er Halt suchte, sprang der Wagen aus dem Gleis und riss ihn mit in die Tiefe. Die Beine hat es ihm abgequetscht. Ich sehe ihn noch da liegen, sein Atem geht gepresst, er ächzt, die Augen weit aufgerissen, das enge Gestell seiner Brille ist ihm verrutscht, die Gläser geborsten, er schwitzt, als würde ihm gleich der Schädel platzen, dicke Schweißtropfen sprenkeln Stirn und Wangen, rücklings liegt sein schwerer Leib mit dem Kopf nach unten, die helle Schürze ist blutverschmiert, das Hemd aufgeplatzt, mit seinen riesigen Händen stemmt er sich gegen den klaffenden Rollwagen über ihm, jeden Augenblick können die Platten unter ihm ins Rutschen kommen. »Zurück! Zurück!«, schreit der Vorarbeiter, als die herbeigeeilten Steinbrecher stracks die rutschige Schütt hinaufrennen und laut rufen: »Karl! Karl!«

Pauline hielt einen Augenblick unschlüssig inne.
— Ich hätte zu dem Unfall gar nicht hingehen dürfen, aber ich stand greinend herum und weil mich niemand weiter beachtet hat, nahm mich unser Dorfarzt in seinem Einspänner einfach mit. »Eine Sauerei ist das!«, hat Doktor Seiler geflucht: »Wacklige Gleise, der dritte Unfall in einem Jahr!«

Kurz nach sechs hat das Totenglöcklein gebimmelt, hohl und mager. Immer zur Unzeit. Und jeder Schlag hat mir einen Stich gegeben, wenn ich es gehört habe. Noch Jahre später bin ich an Araunerkarls Grab stehen geblieben.

— So viele Tote, so früh in deinem Leben! Da wird mir schon beim Zuhören ganz anders. Hat dich das nicht geängstigt? Wie hat der Onkel das alles aufgefangen? Hat er dich getröstet? Hast du mit ihm darüber gesprochen?

Pauline hatte für Augenblicke ihr Gegenüber vergessen, sie hielt eine Blüte in der Hand. Elsas Worte erreichten sie nicht. Sie grübelte, dann legte sie die Blüte zwischen die Seiten des Gedichtbands.

Wenige Wochen vor diesem Unglück hatte sie wie so oft am Geländer des Steinbruchs gestanden und sich nicht sattsehen können an dem Treiben in der riesigen Grube. Die überlangen schmalen Holzleitern lehnten wie Krücken an den Abraumwänden und lenkten Paulines Blick kreuz und quer über die hellen Steinterrassen immer weiter in die schattige Tiefe.

Kühl-modrige Geruchsschwaden von feuchtem Lehm stiegen aus dem Bruch nach oben. In ihren hellen Schürzen ähnelten die Brucharbeiter den Figürchen in einer Puppenstube. Die Rufe und Pfiffe, das Gelächter und die Flüche vermengten sich mit den wuchtigen Schlägen der Stemmeisen und Pickel, zart und fast schwebend darüber entlockten die Prüfhämmerchen den Steinen matte und helle Töne, monoton begleitet vom Zwicken der Steinzangen. Diese wild gestaffelten Tonreihen wurden vom weithin hallenden Geräusch einer grell aufrauschenden Brandungswoge ertränkt, sobald am Ende der Schütt die Bruchsteine aus den Loren verkippt wurden: Die Steine splitterten und barsten, sie schoben sich von ihrer eigenen Masse vorangetrieben immer rascher polternd über das Geröll hinab tiefer in den Wald hinein. Noch lange war das Echo der Steine zu hören.

Araunerkarl war gerade dabei, mit knapp gesetzten Schlägen eine große Platte zwischen seinen Knien mit einem Meißel aufzustemmen, als er, um seiner Anspannung Herr zu werden, tief Luft holte und sich in die Höhe reckte. Pauline hob die Hand und winkte ihm verlegen zu. In diesem Augenblick öffnete sich die Platte mit einem leisen Ächzen. Behutsam drückte Arauner die zwei schmalen Blätter auseinander und ließ Hammer und Meißel fallen, so sehr staunte er über das, was auf dem Stein zu sehen war.

»Donnerwetter! Schau dir das an!«, rief er und winkte mit einer Handbewegung Pauline in die tiefe Grube. Ängstlich stieg sie die steilen Leitern hinunter. Die Arbeiter umringten Arauner und ließen Pauline in ihre Mitte. Eine Libelle! Auf den auseinanderklaffenden Platten war erhaben auf dem einen und als Abdruck auf dem anderen Stein eine Libelle zu sehen. Eine feuchte Schicht lag noch für einen Augenblick als matter Film auf den Kalkplatten, ehe sie sich rasch verflüchtigte und den Stein aufhellte. Die Versteinerung selbst schien nachzuhärten, als wäre das Tier erst jetzt, im Augenblick seiner Entdeckung, erstarrt. Quer über die Steine und mitten durch die transparenten Flügel des Insekts liefen braunblaue Rinnsale, die zu Wurzeln und bizarren Mustern ausfransten.

— Ich habe mich gebückt und den Stein betastet, ich konnte es nicht glauben, was da zu sehen war, fast hatte ich Angst, dieses uralte Wesen zu verletzen, so frisch war es, wie gerade geschlüpft. In gewisser Weise war es das auch. Die Äderchen der Flügel waren so fein, als hätte sie jemand mit Bleistift darauf gezeichnet. »Da hast du dir aber eine Brotzeit und eine Maß Bier verdient, Karl«, sagte ein Arbeiter in die große Stille.

— Ist das die Versteinerung, die gerahmt im Esszimmer steht?

Elsa ging in das angrenzende Zimmer. Sie blieb vor dem zarten Fossil stehen und betastete es vorsichtig.
— Darf ich mich ein wenig umsehen?

An der gegenüberliegenden Wand, durch einen Mauervorsprung etwas verschattet, hing eine bunt bemalte Maske. Sie war aus Holz und sehr groß.
— Was ist denn das?! Das war doch früher nicht–
— Ich habe einige Sachen von Max erst vor kurzem ausgepackt. Ich habe mich lange Zeit vor diesen Masken ein wenig gefürchtet.

Die Maske war eine fast kreisrunde, in viele Segmente unterteilte Scheibe, die von Schnüren zusammengehalten wurden. In der Mitte ragte ein kräftiger Schädel hervor: taubenblau bemalt waren Wangen und Hakennase, darüber wölbten sich breitgestreifte, mattbraune Augenbrauen, Nasenflügel und Mund waren ockerrot. Die leicht geöffneten wulstigen Lippen ließen die Maske wie belebt erscheinen. Es war der Ausdruck eines unverrückbaren Staunens. Die Augenhöhlen waren beige umrandet. Diese Farben – Blau, Rot, Beige und Braun –

wiederholten sich in den konzentrisch angeordneten Ornamenten. Am linken und rechten Rand war ein halber Adlerschnabel angebracht, auf der unteren Seite ragte eine Schnabelhälfte heraus.

Pauline nahm die Maske von der Wand und bewegte vorsichtig mit den Schnüren die einzelnen Teile.

— Es ist eine Verwandlungsmaske. Wenn man sie zusammenklappt, wölbt sie sich zu einem phantastischen Tierkopf. Max hat diese Maske bei den Bella Coola-Indianern erworben. Das muss Ende der Neunzigerjahre gewesen sein. Er hatte eine Gruppe dieser Indianer ein paar Jahre zuvor bei einer Schau von Hagenbeck in Hamburg erlebt. In einem Brief an Gabriel Veyre schrieb er, dass ihn das bizarre Drumherum, das mit den »importierten Künstlern«, beschämt hatte. Das sei der eigentliche Grund gewesen, warum er damals beschloss, bei seiner nächsten Reise von Alaska aus weiter nach Südosten bis nach Britisch-Columbien zu fahren. Er wollte diese Menschen und ihre überwältigenden Masken an Ort und Stelle sehen, soweit das eben möglich war.

Noch während sie so redete, stülpte sich Pauline mit zwei, drei Handgriffen die riesige Maske über, klappte sie auseinander und stand nun mit dem buntscheckigen Vogelkopf auf ihren Schultern Elsa gegenüber. Sie breitete die Arme aus, als würde sie nach ihr suchen, sie machte einen Schritt auf Elsa zu und bewegte dabei ihre Arme mit langsamen Flügelschlägen auf und ab; mit seitwärts ausgestreckten Armen verharrte sie einen

Augenblick reglos und rief aus dem Maskenschädel mit rhythmisch betonter Stimme:

— »Ich rufe die Krähe! – Ich rufe den Raubwal! – Ich rufe den Donnervogel!«

Elsa wich zurück.

Pauline lachte unter der Maske.

— Das ist doch wie bei der Basler Fasenacht, findest du nicht? Ich meine, man ist entsetzt und lacht im nächsten Augenblick.

Sie nahm die Maske wieder ab, klappte sie zusammen und hängte sie an die Wand. Sie rückte ihre Frisur zurecht. Elsa war blass geworden.

— Auch mir ist das in die Glieder gefahren, als Max mich einmal, abends, als ich nach Hause kam, in dieser Aufmachung überrascht hat. Er ahmte dazu auch noch die Tanzschritte nach, die er gesehen hatte: »Es sind Kunstwerke eigenen Rechts!«, sagte er immer wieder. »In dieser Maske vereinigen sich die Totemtiere dieses Volkes: die Krähe, der Adler und der Wal.«

Elsa spürte noch eine Weile den Schreck nachwirken, mit dem Pauline sie überrumpelt hatte. Sie brachte keinen Ton hervor.

Sie betrachtete jetzt die Bemalung genauer und ließ ihre Finger darüber hingleiten.

— Krähe und Adler, ja, sagte sie, – aber wo ist der Wal? – Oh, hier diese Akkoladen, blau, rot und beige, klein und groß, sie sind weitschweifig gebogen wie die Schwanzflossen der Wale. Man hat sie als Ornament getarnt.

— Wie bin ich jetzt nur auf den Araunerkarl gekommen?, seufzte Pauline. Er ist doch schon so lange tot. Mit meinem Vater ist er konfirmiert worden, »im Sedanjahr« hat der Onkel gesagt, als ob das wichtig wäre!

Nun gut! In der Nacht von Freitag auf Samstag sind die Schausteller nach Treuchtlingen gekommen. In aller Herrgottsfrühe bin ich aufgebrochen, ich wollte alles sehen. Dass der neunte September eine ›Elfe‹ war, ist mir erst viel später aufgefallen. Es war ein Weg von gut vier Stunden über die Felder und ein langes Stück durch den Wald, dort war es noch kühl. Über den sanften Riesenbuckel der Viehweide bin ich barfuß gegangen, wo die Föhren wie riesige Tiere herumstehen und die Boviste zu ihren Füßen gelb verpuffen, als würden die Bäume mit den Hufen scharren und Staub aufwirbeln. Gertrud Enderlein, Maries Tante, hatte uns eingeschärft, wir sollten uns vor den Zecken in Acht nehmen, »die sind heimtückisch«. Auf einem Findling am Feldrain lag eingekringelt eine Ringelnatter in der Sonne. Im ersten Augenblick habe ich die gelben Schuppen an ihrem Kopf für Flechten gehalten, da war sie auch schon verschwunden. Man denkt dann gleich, dass das etwas bedeuten muss. Ich war immer sehr abergläubisch. Die dröhnenden Hammerschläge der Schausteller hat man aus der Ferne durch das ganze Tal gehört. Vor diesen fahrenden Leuten habe ich ein wenig Angst gehabt, aber ich wollte unbedingt sehen, wie sie das Gerüst der Schiffschaukel hochwuchteten, diese Kerle mit ihren wulstigen Schweißtüchern um Hals und Kopf und ihren ärmellosen Hemden. Braungebrannt waren sie, und Muskeln hatten die, Muskeln, tätowiert und mit Armspangen. Und wehe, man hat sie nur ein bisschen länger angeguckt, gleich sind sie auf einen zugegangen, haben mit einer Hand die Schaukel gezogen und mit der freien Hand gewunken, haben geschnalzt und gepfiffen und in einem Kauderwelsch dahergeredet, dass einem ganz anders wurde. Schöne Mannsbilder waren darunter, Augen wie Tollkirschen, der Schnurrbart ein dünner schwarzer Strich, viel eleganter als die gewichsten Kaiserwilhelmbürsten der Hiesigen. Lange strich ich zwischen den Buden herum.

Marie konnte nicht mit, sie musste aufs Feld, meine Marie. Ich habe in der Gärtnerei meines Onkels gearbeitet, der hat mich ziehen lassen. Ohne Marie hab ich mich ein bisschen verloren gefühlt. Die war frech, sie hatte keine Angst, vor niemandem. Ein kleines Muttermal hatte sie, hier am Hals unterm rechten Ohr.

Pauline legte die Hand auf die Stelle, als könnte Elsa das Mal auch an ihr sehen.

— Ich habe sie in Neu York am Anfang sehr vermisst. Wie gut sie gerochen hat! Die Stadt hätte ihr gefallen.

Im Flur klingelte das Telefon. Dreimal, viermal.
— Soll ich abnehmen?
— Es hört von selbst auf.

— »Das lebende Gedächtnis!« – Da steht auf der Kirchweih in Treuchtlingen dieser dicke Schausteller auf einem Treppchen vor seiner Bude und fuchtelt mit einem Bambusstöckchen herum. Er erzählt eine Geschichte, dass einem Hören und Sehen vergeht. Und plötzlich – »Nur Mut, mein Fräulein! Es passiert schon nichts, so kommen Sie!« – deutet er auf mich, »Da ist es ja! Unser Medium für das lebende Gedächtnis!« Ein Hunde-Theater hat er, glaube ich, auch noch aufführen wollen und irgendetwas mit ›Original-Australiern‹. Ich solle ruhig zu ihm aufs Treppchen kommen, dann würde er mir – »Keine Angst, Mademoiselle«, macht er plötzlich auf Französisch, er würde mir nur die Augen verbinden, dann könne ich den »lebenden Beweis« antreten – ich hatte keine Ahnung wofür. Ich habe mich geniert und bin einen Schritt zurückgewichen, als er so dreist auf mich gedeutet und mit seiner schmalzigen Stimme nach mir gegriffen hat. Die Buben haben gefeixt, einer hat mich geschubst, da spüre ich plötzlich jemand auf Tuchfühlung hinter mir, eine große Hand umfasst sehr sanft meinen Ellbogen, und im selben Augenblick taucht auf der Bretterwand vor mir neben meinem eigenen ein größerer Schatten auf, eine breite Hutkrempe, und ich höre eine Stimme nah an meinem Ohr: »Das werden Sie bitte nicht tun.« Ich höre es noch wie heute, fast siebzig Jahre ist das her, ich höre diese ruhige, raunende Stimme, wie aus einer anderen Welt, als würde jemand einen Mantel um mich legen. Er siezt mich, ich siebzehn: »Das werden Sie bitte nicht tun.«

Pauline schenkte Elsa Tee nach und löschte mit zwei angefeuchteten Fingern das Teelicht im Stövchen. Zischend kräuselte sich das Rauchfähnchen um den Rittersporn.
— Und dann?
— Was »und dann«?! Es gibt nicht immer ein »und dann«, es geht nicht alles einfach so weiter, was glaubst du? Du meinst wohl, wenn man ein »und dann« auswirft wie eine Angel, wird schon irgendwas anbeißen, ja?
— Entschuldige, ich meinte ja nur –
— Du hast ja recht. Ich weiß nicht, wie ich von den Buden weg und durch das ganze Getümmel gekommen bin und wie es dann, ja »und dann«, weitergegangen ist, wie er mich von dort weggelotst hat, ich weiß es nicht. Ich habe es vergessen. Ich drehte mich um und schaute ihn an. Unsere Gesichter berührten sich fast. Er nickte, er lächelte, er lüpfte den weichen Hut, ein Schwall rotblonder Haare quoll hervor. Sein Gesicht war ganz nackt, ich meine glattrasiert, kein Bart, nur buschige Augenbrauen, grüne Augen, wie Achat, hohe Schläfen wie aus Porzellan, ein feines schmales Gesicht. Ich wusste nicht, wie mir geschieht, er roch nach Sandelholz, das hat mich

gleich ganz weich gemacht. ›Ein gewiefter Fuchs ist das, der gefällt mir‹, habe ich bei mir gedacht. Der war nicht von hier, das habe ich gleich gesehen.

Mit zitterndem Nachhall schlug die Stutzuhr. Elsa erschrak.

— Im Wirtshaus neben dem Festplatz haben sie eine Polka nach der andern gespielt. Die haben gejuchzt und gepfiffen, und auf einmal hielt er mich in seinen Armen und wir tanzten.

Mit Marie hab ich auch manchmal getanzt, heimlich, Walzer, auf dem Dachboden überm Wirtshaussaal, wenn die Kapelle geprobt hat. »Jetzt bin ich dein Galan!«, hat Marie zu mir gesagt, und sie hat mich gepackt und herumgewirbelt, mich abgeküsst und nach mir gegriffen. Schön war das.

Wie Max dann mit mir wieder aus dem Saal gewalzt ist, und wir auf einmal den Zeltplatz schon hinter uns hatten und auf dem Weg nach Graben waren, zu diesem Dorf, auf der hellen Chaussee, ich weiß es nicht. Manchmal denke ich, er konnte sich unsichtbar machen, und wen er anfasste, der würde auch unsichtbar. Du lachst! Es gibt Menschen, Zauberer, die können so etwas, das habe ich selbst erlebt. Sie fahren dir übers Gesicht und sehen dir tief in die Augen und schon hast du alles um dich herum vergessen.

»Da hast du dir ja einen angelacht!«, hat Marie zu mir gesagt, als wir wieder einmal getanzt haben.

— Aber dass er wie ein Fuchs aussieht, sagte Elsa, – das hast du wirklich gleich im ersten Augenblick gedacht? Du hast doch noch gar nicht wissen können, dass er Pelz–
— Ich schwöre, es war so. Das klingt verrückt, ich weiß. Jeder Mensch trägt in seinem Gesicht eine Tiermaske. Man erkennt sie nicht immer, die wenigsten wissen das. Und man muss die Tiere gut kennen.
— Eine Tiermaske? Von wem hast du das? Von Max?
— Geahnt habe ich das schon immer, für Max war es ein richtiges Spiel.
— Woher hatte er seine Intuition?
— Er hat die Masken studiert, er hat sie sich von den Künstlern oder ihren Nachfahren in Sibirien und an der Nordwestküste erklären lassen – und er kannte die Tiere.
— ›Künstler‹?
— Wie würdest du denn diese Wunderwerke nennen und diejenigen, die sie herstellen? Es sind individuell ausgestaltete Schöpfungen in der allen gemeinsamen Götterwelt. Es sind Kultgegenstände, durch die der Träger mit der übersinnlichen Welt in Verbindung tritt, und es sind immer auch eigensinnige Kunstwerke, die wegen ihrer vielfältigen Schönheit von den andern bewundert werden wollen.

Pauline deutete auf die Photographie mit der Nielsen.
— Ich glaube, dieses Photo war der Grund, warum Max neben den Masken und den Bildern von Masken eine

Zeitlang Schauspielergesichter gesammelt hat. Ein seltsames Hobby. Ich fand diese Photos immer zu posiert, zu anstrengend, zu geschönt.

Er hatte einen instinktiven Drang, einmal gesehene Gesichter in seinem Gedächtnis zu behalten. Manchmal schnitt er welche aus, arrangierte und klebte sie zu neuen Geschichten. Ohne Worte. So hat er auch unsere erste Begegnung, nein, den Augenblick davor, als sein Schatten neben meinem an der Bretterwand auftauchte und er mich sanft am Ellbogen fasste, diesen Augenblick hat er Jahre später mit freier Hand als Silhouette geschnitten. Als Negativ, unsere Umrisse weiß, die Wand schwarz. Ich war sehr gerührt, auch weil ich über diesen allerersten Augenblick nie mit ihm gesprochen hatte und mir gar nicht vorstellen konnte, dass er dieses flüchtige Schattenbild überhaupt und fast genauso wie ich in Erinnerung behalten hatte.

— Ein Liebesbeweis!

— Das Wort hab ich nie gemocht, es klingt so – juristisch! Aber du hast recht. Manchmal glaube ich, dass bestimmte Wörter für ihn zu Bildern geworden waren, – warum auch immer. Er begriff sie wie eine Sache, ein Ding. Und dieses Ding »legierte« er – auch so ein Lieblingswort von ihm – mit anderen Dingen und Wörtern.

— Zum Beispiel?

— »Schattenbild«. Für ihn war es geheimnisvoll, eigentlich etwas Unbegreifliches. »Binnenraum« ein anderes. Weil »binnen« für ihn immer etwas Zeitliches war. Manchmal passierte es, dass er Schreibfehler und Tippfehler, ja sogar Lesefehler unbedingt festhalten wollte – »Morsezeichen des Unbewussten« nannte er sie, »Alltagsorakel« und »Stenogramme meiner Hausgötter«.

— Du hast noch gar nicht gesagt, aus welchem Grund du 1899 nach New York aufgebrochen bist, kaum dass ihr euch kennengelernt hattet. Es muss doch alles sehr aufwühlend gewesen sein, so ganz allein!

— So abenteuerlich wie du dir das ausmalst, war das nicht! Herr von Tassell hat mich in meinem Hotel untergebracht; die Adresse hatte Max mir gegeben. »Und wenn dir an Sonntagen langweilig ist, gehst du nach Coney Island«, hat Alfred mir noch beim Abschied gesagt.

— Und bist du häufig dorthin gefahren?

— Nur einmal. Es war ungeheuer beeindruckend, aber dann – ach, das erzähle ich dir später. Im Hotel lag bei meiner Ankunft schon ein Empfehlungsschreiben von Max für einen Mister Pfeiffer, ursprünglich Planteur im Kanton Bern, jetzt Leiter des *Botanic Garden* der Bronx.

— Hast du Max nicht vermisst? Du hast doch nicht nur dein Zuhause, den Onkel und Marie verlassen, sondern auch noch Max! Ich begreife das nicht. Warum ist er nicht mitgekommen?

— Er hat mich ja bis zum Schiff begleitet, von Nürnberg bis nach Bremerhaven. Er hatte schon feste Pläne mit seinem Freund Koerber für eine Exkursion nach Innerasien–

— Und da ist ihm eure Liebesgeschichte dazwischen gekommen?, unterbricht Elsa.

— So wird es wohl gewesen sein. ›Geplant‹ war sie nicht, obwohl er ja sonst alles immer unter Kontrolle hatte!

Pauline dachte nach.

— Natürlich habe ich ihn vermisst. Aber nach so vielen Jahren ist es schwer, sich an die widerstreitenden Gefühle zu erinnern, die man damals hatte, eigentlich ist es unmöglich. Die Briefe sind das eine, aber wenn ich sie wieder lese, gibt es viele Erinnerungslücken, ich komme da nicht mehr heran, es ist mir sehr fremd. Da nisten unauffindbare Erinnerungen drin wie Traumreste. Wenn man sie erhascht, verblassen sie.

Elsa erinnerte Paulines Schilderung an den gespenstisch raschen Farbverlust der buntesten Fische, sobald sie an Deck liegen.

— Ich weiß nur, dass ich Marie schrecklich vermisst habe. Und den Onkel auch. Darüber habe ich mit niemandem gesprochen.

Sie ging zu einer Kommode und holte nach einer Weile einen Stapel Briefe heraus. Zwei davon hielt sie hoch. Als sie den ersten öffnete, kam darin noch ein kleinerer zum Vorschein. Rasch murmelnd überflog sie die Zeilen …

— Ich habe Marie erst ein Jahr nach meiner Ankunft geschrieben. Pauline reichte Elsa den Brief.

— Den hat Marie mir zurückgegeben, als ich 1949 wieder nach Deutschland kam.

*Liebe Marie,*
*Ich bin wirklich und glücklich in Neu York*
*angekommen! Ich kann es immer noch nicht fassen,*
*dass ich ohne Unbill alles überstanden habe ... Am*
*Abend vor unserer Ankunft ließ der Kapitän der*
Kaiser Wilhelm II. *von seinen Offizieren mit*
*Sprachrohren verkünden, dass wir am nächsten*
*Morgen gegen 6 Uhr 30 amerikanischer Zeit die*
*Freiheitsstatue passieren würden. Da ging ein Raunen*
*durch das Schiff. Wie alle anderen konnte ich es kaum*
*erwarten, dieses große Denkmal endlich aus der Nähe*
*zu sehen.*
*Ich war wie viele andere Passagiere früh auf den*
*Beinen. Schon eine Stunde vor der angegebenen Zeit*
*war das Deck schwarz von Auswanderern. Kaum*
*einer sagte ein Wort. Wir alle blickten gebannt in*
*die Dämmerung vor uns. Zuerst sahen wir schwach*
*das Feuer eines Leuchtturms blinken, dann rückte im*
*fahlen Morgenlicht die hellgrüne Statue immer näher.*
*Als wir dann recht nahe die riesige Gestalt passierten,*
*brachen viele Einwanderer in Jubel und in Tränen*
*aus. Auch ich habe geheult.*
*Ich denke viel an Dich und an den Onkel.*
*Deine Pauline*
*P. S.: Nur ein Passagier, ein Herr von Tassell, der*
*immer das letzte Wort haben musste und schon*

*mehrmals in Neu York war, meinte »Das Original ist bedeutend hübscher, steht in Paris.«*

— Marie hat diesen Brief gleich dem Onkel gezeigt.
— Und war er nicht gekränkt, dass du ihm nicht geschrieben hast?
— Ich glaube schon, aber er hat es sich nicht anmerken lassen.

*Meine liebe Pauline,
Dein erstes Lebenszeichen in Deinem Brief an
Marie, nach einem Jahr aus Neu York, hat mich
sehr gefreut, aber auch etwas ratlos gemacht. Im
Briefeschreiben bin ich ungeübt, lieber pfropfe ich
Reiser, so wie jetzt in der kalten Jahreszeit. Habt ihr
auch so viel Schnee? Es hat eine Weile gebraucht, bis
ich es übers Herz gebracht habe, Dir zu antworten.
Neu York! Die Freiheitsstatue! Manchmal kann
ich es gar nicht glauben und schaue mir wieder und
wieder den Stempel an und die Photographie auf
der Ansichtskarte. Sprichst Du denn schon Englisch?
Es leben dort ja auch viele Landsleute, das habe ich
kürzlich in der Zeitung gelesen. Der Neffe vom
Schuster Riemer, der Karl mit den roten Haaren,
ist vor Jahren ausgewandert und hat sein Glück
gemacht. Der Vater vom Karl ist vergangene Woche
gestorben, der Kuhn August. Und in Büttelbronn
hat sein Schwager Gustav seine eigene Scheune
angezündet und sich gleich selbst verraten. Er ist*

*ins Wirthaus gegangen und kurz nach ihm ist jemand ganz aufgeregt hereingestürzt und hat gerufen, »Gustl, deine Scheune brennt!«. Da sagt er tatsächlich »Schon?«. Nur damit Du weißt, was hier alles passiert ist. Warum bist Du so Hals über Kopf fortgegangen? Ohne ein Wort! Ich hätte Dich ziehen lassen, das glaub' mir. Hast Du so wenig Vertrauen in mich? Ich habe bis heute niemandem gesagt, wo Du bist. Nicht einmal dem Pfarrrer Scheiner. Wahrscheinlich hat der Postbote, der alte Staufer, ihm etwas gesteckt, von wegen Post aus Amerika. Der Pfarrer wollte plötzlich wissen, wo Du bist. Fort bist Du, habe ich gesagt, Gott weiß wo. Nur Marie hat es gewusst. Sie hat geweint und dann gesagt, dass sie es genauso gemacht hätte. Mein Kind, so nenne ich Dich in Gedanken immer noch, weil ich Dich ja als dein Patenonkel wie ein Kind angenommen habe, als Deine beiden Eltern so kurz hintereinander gestorben sind, und weil ich selbst keine Kinder habe. Du schreibst, dass es Dir gut geht. Ich will es glauben. Die gute Nachricht ist für mich, dass Du in einer Gärtnerei arbeitest. Dann waren ja die Jahre hier im Garten und im Wald und die vielen Bücher, die wir gelesen haben, und das Klavierspielen nicht umsonst. Du wärst sicher auch in einer Bibliothek untergekommen. Oder als Organistin in einer evangelischen Kirche. Die gibt es dort sicher auch. Erinnerst Du Dich noch an unsere »Elferschritte«? »Elfenschritte« hast Du damals gesagt. Der 9.9.99*

*liegt nun schon ein gutes Jahr zurück. Das Jahr 1900 ist hohl und leer, da gibt es keinen Elferschritt. So habe auch ich mich gefühlt. Warum Du geflohen bist, habe ich immer noch nicht recht verstanden. Bist Du mit diesem Mann, diesem Max, verlobt? Will man mit einem Geliebten nicht zusammen sein? Marie hat mir gesagt, dass er Dir Geld gegeben hat, viel Geld. Damit kannst Du »überwintern«, hat sie gesagt. Sie ist stolz auf Dich. Aber eine Trennung aus Liebe? Vielleicht kannst Du mir das alles irgendwann einmal erklären. Ich habe Dich herzlich lieb, Gottes Segen sei mit Dir.*
*Dein Patenonkel Albert*
*P. S.: Ihr habt gewiss in dem Botanischen Garten eine Sämerei. Vielleicht kannst Du mir eine Probe schicken? Eschscholtzia californica zum Beispiel, das Schlafmützchen. Ich kenne es nur aus Abbildungen und Beschreibungen. Der Goldene Mohn, der Chamisso so entzückt hat! Ich würde gerne einmal wissen, wie der bei uns gedeiht. Marie hat mir einen Brief gegeben, den ich zu dem meinen lege. Was sie mit dem Rätsel meint und mit dem Fuchs, habe ich nicht verstanden. Ein Tier ist es wohl nicht. Ich wollte sie aber auch nicht fragen.*

\*

*Liebe Pauline,*
*Du hast mich nicht vergessen. Ich habe geheult, als ich Deinen Brief gelesen habe! Ich denke viel an Dich. Was macht der Fuchs? Unsere Lieblingskuh, die Gertraud ist gestorben, als sie gekalbt hat. Der Tierarzt hat ihr nicht mehr helfen können. Auf der Kirchweih habe ich mit dem Pfisterfritz getanzt, bis mir schwindlig geworden ist. Er fragt oft nach Dir. Ihr seid ja zusammen konfirmiert worden. Da werde ich gleich eifersüchtig. Fritz hat eine Wunde am rechten Bein überm Knie, die nur langsam verheilt. Beim Schlachten ist ihm das Messer ausgerutscht. Er hat geblutet wie ein Schwein. Dr. Seiler sagt, dass er Glück gehabt hat. Ich bin viel in der Rockenstube. Dort ist es warm. Hast du das Rätsel auf dem Schnupftuch lösen können? Wir schwätzen viel. Ich sage nichts, wenn sie mich nach Dir fragen. Nur die Arauner Gundel stichelt manchmal. Bist Du viel allein in Neu York? Hast Du Freundschaften in der Gärtnerei? Fritz will mich heiraten. Er reitet die Pferde vom Grafen von der Recke ein. Er hat mir versprochen, dass er mich einmal auf die Weide mitnimmt. Wenn Du mich sitzen lässt, bringe ich mich um, habe ich zu ihm gesagt. Wann kommst Du wieder?*
*In Liebe Deine Marie*

— Habt ihr euch danach noch geschrieben?
— Ja, natürlich! All die Jahre. Das Band zwischen Marie und mir ist nie gerissen. »Heimwehpflege« hat Max ein-

mal gesagt. Das war sehr dumm, und er hat es bereut! Er hat gespürt, wie nah mir Marie war und wie ich auf eine Nachricht von ihr, ja – gebangt habe, wenn einmal zu Ostern oder zu Weihnachten oder zum Geburtstag ein Brief oder auch nur ein kleiner Gruß ausblieb.
— War er neidisch, war er eifersüchtig?
— Beides. Max hatte manchmal eine etwas seltsame Art, Dinge zu ironisieren. Ich vermute, er hat sich wegen seiner wirklichen Empfindungen geniert und–
— Eine Maskerade.
— Ja, es war ein bisschen zwanghaft. »Amüsant« oder »reizend«, fand er sie, wenn ich ihm aus den Briefen vorgelesen habe. Es war aufrichtig gemeint, doch ein Tropfen Herablassung trübte die reine Freude.

Marie hat lange gezögert, bis sie Fritz geheiratet hat. Sie haben nur ein Kind, Oskar. Ihr »über alles geliebter« Fritz ist gleich in den ersten Wochen des Krieges gefallen. Als Freiwilliger bei Longwy. Deutschland strotzte damals nur so vor Siegesmeldungen. Seine letzte Feldpost hat sie für mich abgeschrieben.

Pauline ging zu ihrem Schreibtisch und holte mit einem Griff ein großes Bündel Briefe heraus. Rasch fand sie das gesuchte Kuvert mit einem Photo und gab es Elsa.
— »*Man ist zu jung, zu sterben, … fern … was lieb ist … Heide?*«, las Elsa stockend. – Oh, diese stachlige Sütterlinschrift!
Pauline beugte sich zu ihr hinüber und las selbst weiter
— »*und fern von allem, was lieb ist. Solches hat zu mir*

*der Leutnant von der Heide gesagt. Ihn hat's gestern erwischt, ein Schrapnell. Mitsamt seinem Pferd. Das habe ich noch am Morgen gestriegelt. Sirius, ein Rappe. Er war ein Pferdenarr wie ich. Habt ihr auch so schönes Wetter?«* Sie ist mit dem Kind aus dem Dorf fortgezogen und bei entfernten Verwandten im Badischen untergekommen, in Sulzburg.

— Das ist Marie?

Elsa blickte lange auf das Photo, das in dem Kuvert lag.
— Ja, es ist das einzige Bild, das ich von ihr habe. Sie hat es mir kurz nach dem Tod von ihrem Fritz geschickt.

Die Photographie war im Atelier von *C. Ruf, Freiburg im Breisgau* gemacht worden. Ganz in Schwarz, in einem hochgeschlossenen Kostüm stand die jugendlich wirkende Frau an einen kleinen Tisch gelehnt. Auf einem Stuhl neben ihr saß der zehnjährige Oskar, der zu seiner Mutter hochblickte.

Neben einer winzigen gläsernen Vase mit getrockneten Blumen stand das gerahmte Bild des Toten. Der militärische Kragen des Gefreiten korrespondierte eigenartig mit dem Trauerband über der gerahmten Photographie. Fritz blickte mit einer Art blinder Zuversicht in die Kamera. Maries rechte Hand ruhte zag auf dem Bild, während ihre Linke Oskars Schulter berührte. Ihr helles Haar war hochgesteckt, ihre Stirn und die stark geschwungenen Augenbrauen traten wie leuchtend hervor. Sie hielt ihren Kopf etwas gesenkt und blickte, wie es schien, fast absichtsvoll am Betrachter vorbei. Ihre tiefliegenden Augen waren leicht verschattet. Der Abstand zwischen ihr und dem Bild auf dem Tisch ließ den Soldaten wie ein altes Kind erscheinen.

— Hat sie das Photo für dich machen lassen?
— Das glaube ich nicht. Fritzens Eltern lebten ja noch. Als ich es Max gezeigt und den Brief vorgelesen habe, wurde er ganz still. Er machte fortan keine ironische Bemerkungen mehr über »das Mädchen vom Land« oder über mein »Heimweh«. Ich glaube, dass er sie von diesem Augenblick an bewundert hat. Nach dem Krieg habe ich ihr ein Photo von mir und Max geschickt – sie wollte doch immer wissen, wie der »Fuchs« aussieht.

— Und hat sie dazu etwas gesagt?
— »Der hätte mir auch gefallen«, hat sie geschrieben, und wie froh sie sei, dass sie mir geraten habe – nein, »mich aufgehetzt« – nach Neu York zu gehen. »Wärst du nicht gegangen, hättet ihr euch verloren.« Max war gerührt.

— Hat sie wieder geheiratet?
— Ja, einen Winzer aus dem Badischen, in Sulzburg, Anton Jakob. Das muss Anfang der Zwanzigerjahre gewesen sein. Ich glaube, er hat sie sehr geliebt und sich nicht darum geschert, dass sie schon vierzig war. Er war verwitwet und hatte zwei Töchter aus erster Ehe. Er ist kurz nach dem Zweiten Weltkrieg gestorben.

— Lebt Marie noch?
— Aber ja. Nach fünfzig Jahren haben wir uns wieder-

gesehen! Als ich aus Schweden wieder hierhergekommen bin, 1949. Marie war eigentlich unverändert, gertenschlank, sehr beweglich, »vegetabilisch« sagte Max, ohne sie je persönlich kennengelernt zu haben.

— Hat Max dir das Photographieren beigebracht?
— War nicht schwer zu erraten.

Pauline ging durch den Salon und nahm von einem Sekretär einen Stapel Landschaftsaufnahmen, große Albuminabzüge, in die Hand. »Tarim« stand mit feiner Tinte auf einigen, auf anderen »Awatscha und Tolbatschik«, auf zweien war »Bella Coola, British Columbia« zu lesen, alle waren mit dem genauen Datum versehen. Auf den meisten war Max zu sehen, aber offenbar weniger, um ihn zu portraitieren, sondern um die Proportionen von Bäumen und Naturdenkmälern zu verdeutlichen. Die Bilder waren keine Schnappschüsse, es waren genau kadrierte, mit dem Licht und den landschaftlichen Besonderheiten spielende Naturaufnahmen. Der meist dunkel gekleidete Max wirkte auf diesen Bildern ernst und seltsam unbeteiligt. Ein Mann, ganz im Dienst der Forschung.

Auf einem zweiten Stapel entdeckte Elsa Photos, die Pauline eingemummt in Pelzumhänge und schließlich auch etliche, die beide zusammen zeigten.

— Lange her, sagte Pauline, als sie auf die großen Abzüge blickte. Max hat mir gezeigt, worauf ich zu achten hatte. Wir haben viel mit Glasplatten gearbeitet.
— Das sagst du mir jetzt!

— Ich hatte es ganz vergessen. – Eine Aufnahme vom Baikalsee habe ich an Dr. Arndt geschickt, von uns beiden signiert.
— Kannte Max auch andere Photographen, die in Asien unterwegs waren?
— Gabriel Veyre hatte ihn 1897 mit dem alten Felice Beato bekannt gemacht, ich habe leider vergessen, wie und wo das gewesen ist. Beato war unvergleichlich. Max hat ein Leben lang von ihm geschwärmt.
— Von dem habe ich noch nie gehört.
— Ein Abenteurer und ein Ästhet, ganz nach dem Geschmack von Max. Dieses zauberhafte Bild einer Geisha – Pauline holte aus einem Schrank einen handcolorierten Abzug – hat Max von ihm gekauft, Beato war bankrott. Max hat ihm das Portrait eines Schamanen der Nenzen geschenkt.
— Durch dieses Geisha-Portrait bin ich auf die Kimonos mit den Schnee- und Regenmotiven gestoßen.
— Und Max hat dich dann mit ihnen verwöhnt–
— Aber gewiss, das gehört sich doch!
— Diese Kimonos sind seltsam farblos, also nur weiß, grau und schwarz, meinte Elsa.
— Unbunt, sagte Pauline, wie der Regen.
   Elsa lachte.
— Aber trotzdem wurden die Photos koloriert.
— Dadurch kontrastiert das Muster besser mit der Haut, dem Schirm und dem Blumengesteck.
— Und außer Masken und Photographien, Idolen, Talismanen und Frottagen, was hat er noch gesammelt?

— Die Photos und die Abreibungen waren für ihn behelfsmäßige Erinnerungsstücke. Da fällt mir ein, irgendwann hatte ihm Gabriel Veyre einige traditionelle japanische Scherenschnitte geschenkt. Max war so begeistert, dass er selbst mit dem Schneiden anfing. Es war unglaublich, wie virtuos er mit seinen großen Händen mit den Scherchen umgehen konnte. Es muss im Juli oder August, ich weiß nicht mehr in welchem Jahr, gewesen sein, ich war in Uppsala geblieben – warum eigentlich?, frage ich mich jetzt –, da war Max am Tarim unterwegs, ich glaube aber, das Telegramm hatte er schon von einer Station am Urumtschi–
— Ein Fluss?
— Der längste im westlichen China. Später habe ich ihn einmal dorthin begleitet. Der Tarim fließt manchmal in einen Salzsee, aber eigentlich verschwindet er einfach, es ist unheimlich. Nicht unter die Erde, wie die Donau, nein, der Wüstensand verschluckt ihn. Also, von dort telegraphierte er mir, ich solle unbedingt nach Bern fahren, um bei der Firma Klötzli zwei Paar Scherenschnittscheren zu besorgen, er benötige sie dringend, wenn er wieder zu Hause wäre. Ich habe gedrahtet, ob er noch ganz bei Trost sei, dergleichen könne man doch ordern.
— Du bist natürlich nicht gefahren?
— Doch, ich bin gefahren, weil man sie tatsächlich nicht ordern konnte, außerdem ist mir eingefallen, dass man damals in Bern und nur dort, als Frau, in der Aare schwimmen konnte. Oswald hatte mir das einmal erzählt–

— Oswald?

— Oswald Pfeiffer aus Solothurn. Der leitende Gärtner am *Botanic Garden*. Er hatte mich einmal überredet, mit ihm im Hudson River zu schwimmen.

— Konntest du denn schwimmen?

— Er hat es mir beigebracht. Wenn Oswald von der Aare gesprochen hat, wurde er ganz wehmütig. Max hatte ihm von mir geschrieben. Er kam von der kantonalen Forstbaumschule in Bern. Ein toller Hecht.

— Wie lange warst du im Botanischen Garten der Bronx?

— Zweieinhalb Jahre. Glückliche Jahre.

— Was hast du denn von New York überhaupt mitbekommen?

— Einiges. Aber die Gartenarbeit hat mir die größte Freude gemacht. Das kannte ich ja schon von zu Hause, und beim Gärtnern entsteht Tag für Tag etwas Neues, man muss nur geduldig sein. Oswald hat mir vieles gezeigt; an den Sonntagen sind wir manchmal in die Stadt, nach Manhattan gefahren. Little Italy und alles entlang der Hester Street hat mir besonders gefallen. Das war ein Leben, wie ich es noch nie gesehen hatte! Die Leute sangen mehr, als dass sie sprachen. Da habe ich verstanden, was von Tassell gemeint hatte, als er sagte, man soll seine Zunge in fremden Sprachen baden. Nur ein einziges Mal, wie gesagt, nach der Nachricht von Verdis Tod, war dort alles wie ausgestorben.

— Oswald hat sich sehr um dich gekümmert?

— Ja, er war immer zugegen.

Pauline zögerte, als wollte sie noch etwas sagen.
— Und er war ein guter Schwimmer, sehr athletisch, er konnte im Handstand laufen.

Fast unhörbar wiederholte sie seinen Namen.
— Der Oswald.

— Pauline, bitte noch einmal der Reihe nach ...
— »Der Reihe nach!« – die Erinnerung geht nie der Reihe nach. Wahrsagende Begebenheiten – auf die kommt es an. Die kommen ganz überraschend und strahlen in alle Richtungen aus, auch in unsere Vergangenheit. Unsere Erinnerungen spulen sich um das, was gewesen ist, wie Eisenspäne um einen Magneten. Auf jeden Fall – jetzt habe ich den Faden verloren! Das hast du davon!
— Du bist mit Max vom Volksfest weg von Treuchtlingen in das Dorf Graben gegangen, sagtest du.
— Oh ja. Aber da waren wir doch schon.
— Nein, du hast den Ort nur erwähnt.

Pauline blickte geistesabwesend an Elsa vorbei.
— Du entschuldigst mich bitte einen Augenblick.

Als sie zurückkam, hatte Pauline Mouson Lavendel aufgelegt und ihre Frisur zurechtgemacht.
— Ich denke, wir sollten in die Bibliothek gehen, dort ist es kühler. Was meinst du?

Sie machte ein paar Schritte auf die Tür zu.

Elsa wollte ihr folgen, aber Pauline schien es sich anders überlegt zu haben. Sie machte kehrt und setzte sich neben Elsa auf die Chaiselongue.

— Max wollte unbedingt in dieses Dorf: »Dort gibt es was zu sehen!«

Ich habe ihn zunächst nicht verstanden, bis er nach und nach damit herausrückte. Die Chaussee dorthin gibt es schon lange nicht mehr. Heute ist der Weg breiter und asphaltiert, eine ordinäre Landstraße ist das jetzt, nur die staubigen Apfelbäume am Wegrand erinnern an die frühere Straße. Damals fuhr hier noch kein Automobil. Die Chaussee war weiß und glatt, wie mit Mehl belegt, ein dickes Papier, man hätte darauf zeichnen können. Die Felder waren abgeerntet. Ich bin vorher nie in Graben gewesen, obwohl es ja ganz in der Nähe lag und wir in Heimatkunde alles darüber gelernt haben. Es gibt Dörfer und Flecken in der eigenen Umgebung, da kommt man immer wieder hin, und andere, die sieht man jahrelang nur von weitem, wie eine Fata Morgana, in die traut man sich gar nicht hinein. Als wären sie versperrt. *Graben*. Vielleicht war es auch nur der Name. Damals haben wir alle Wege zu Fuß gemacht oder sind bei einem Fuhrwerk aufgesessen. Einen Einspänner hatten nur der Arzt und die hohen Herrschaften. Mit der Eisenbahn bin ich bis dahin nur einmal gefahren, mit meinem Onkel, zu Weihnachten nach Nürnberg.

— Hast du Max gefragt, was ihn ausgerechnet nach Treuchtlingen geführt hat?
— Nein, ich glaube nicht. Er stand plötzlich da, wie eine Erscheinung. Hinter mir. Was soll ich da fragen! Ich wäre gar nicht auf die Idee gekommen, so überrascht

war ich. Außerdem mag ich Leute nicht ausfragen. Das schickt sich nicht.

— Aber heute, nach so langer Zeit, was glaubst du, warum er an einem Wochenende zu einem Volksfest in ein verschlafenes Nest fuhr?

— Ein Eisenbahnknotenpunkt ist kein verschlafenes Nest! Ich muss doch bitten!

— Du weißt doch, was ich meine. Hat er denn einen Grund genannt? War er vorher schon einmal dort gewesen?

— Durch die warme Abendluft sind wir in das Dorf gegangen. Die Blasmusik in unserem Rücken war noch lange zu hören, und wenn die Kapelle eine Pause machte, wurde es mit einem Mal ganz still, er hat seinen Arm um mich gelegt, und ich habe seinen Atem gespürt, und unsere Schritte knirschten leise auf dem Weg zum Takt der Musik. »Paulíne! Paulíne! Paulíne!«, hat er gesungen und das -e verschluckt: »Englisch klingt er noch schöner!« Ich habe gelacht, weil ich verlegen war: So hatte noch keiner meinen Namen in den Mund genommen. »Sie sind ein Schwärmer!«, habe ich gesagt. – »Was dagegen?« Mit jedem Schritt war ich immer tiefer in einer unbekannten Welt. Manchmal, bis heute, träume ich von diesem Weg und dem Wiegeschritt, es hört nie auf, die Chaussee läuft einfach weiter, und Graben, das Dorf, der kleine Kirchturm und die hohen Bäume an der Böschung des Karlsgrabens rücken näher und näher, und wir kommen nie dort an. Und ich in seinen Armen, er erzählt von der Steppe, von den unüberschreitbaren Weiten Sibiriens. Die Goldwäscher am Amur. »Dort frisst der Raum dich auf!«

Alles, was da aus ihm heraussprudelte, wollte ich mir merken, alles, aus Angst, ich würde es nie wieder hören, alles, alle Namen, Orte, Zeiten. Ich hatte Angst, dass ich, wenn dieser Tag vorbei sein würde, aber warum sollte er je enden?! – dass ich am Ende nur die Sehnsucht danach wie einen Schmerz spüren würde. Aber selbst Schmerzen vergehen, und dann jammert man über die verschwundenen und taub gewordenen Schmerzen. Ich hatte Angst, dass alles verloren wäre, bevor ich irgendetwas davon je gesehen hätte, so wie ich ihn verlieren würde, diesen Mann, der mit mir im Arm jetzt auf der Landstraße nach Graben walzte. Er schlenderte mit mir durch seine unsichtbare Galerie und deutete auf das eine oder andere Bild, dann küsste er mich, nahm plötzlich meine Hand und behauchte sie und blies seinen Atem wie ein Pferd warm und zart in meinen Nacken, dass mir ganz kitzlig wurde, wir gingen weiter, wir blieben stehen, wir drehten und wiegten uns und horchten der verwehten Musik nach, ich weiß nicht, ob ich das geträumt habe oder ob es so gewesen ist an diesem späten Nachmittag. Und dann erzählte er mir, dass er hin und wieder »mit einem Kinematographen« arbeiten würde, für eine Firma in Lyon. »Lyon?«, fragte ich, als hätte ich mich verhört, er konnte doch kein Wurstfabrikant sein! Die feine Lyoner kannte ich – aber was meinte er mit »Kinematographen«? Er aber hat gleich weitergeredet und war schon wieder ganz woanders. In Graben war keine Menschenseele, als wir das Dorf betraten. In den Ställen muhten die Kühe, und die Schreie der Schwalben würzten die Luft, – es war ein Kreischen wie von Griffeln auf Schiefertafeln. Sie waren im Aufbruch, am

Tag nach Mariaegeburt. Ich dachte, glaube auf der ganzen Welt gibt es so ein Dorf nicht noch einmal.
— Was ist denn so besonders an diesem Ort?
— Tausende von Sklaven haben hier ein Kanalbett ausgeschachtet, und diese Fronarbeit endete in einer Havarie. Seit über tausend Jahren liegt dieser Torso wie ein gestrandeter Wal hier in der Landschaft. Verkehrte Welt! Was aussieht wie ein Weiher, ist ein gigantisches Ingenieursprojekt, und der Ort selbst war vielleicht ursprünglich eine Sklavensiedlung: »Graben« – ein Name und ein Infinitiv!
— Aber setz dich doch, du bist ja ganz außer Atem!

Pauline hielt inne. Wie benommen blickte sie um sich, sie hörte nicht, was Elsa sagte. Sehr viel langsamer, als würde sie das jetzt vor ihr auftauchende Gelände nach so langer Zeit noch einmal erkunden müssen, deutete sie mit ihren Händen die Gestalt des Dorfes an. Ihr Elan aber schien ungebrochen.
— Zielstrebig ging Max durch Graben. ›Er ist schon einmal hier gewesen‹, dachte ich, sagte aber nichts. Viele Jahre später habe ich die topographische Karte dieser Gegend in seinen Papieren gefunden.

Pauline tastete sich durch ihre Erinnerung und sprach mit einem Mal so zögernd, als könnte mit einem ungenauen Wort das lange verwaiste Bild sogleich wieder gelöscht werden. Sie stockte.
— Ich bin vor einigen Jahren, an einem Ostertag, noch

einmal dort gewesen und habe eine Photographie gemacht. Ich bin erschrocken, weil alles genauso war, wie ich es in Erinnerung hatte. Ein halbes Jahrhundert später.

Der Dorfweiher ist mit einem undurchdringlichen Teppich aus Entengrütze überzogen. Er ist aber kein Weiher, sondern das breite Ende eines Kanalbetts. Ein morscher Kahn steckt wie festgegossen in der Haut der Wasserlinsen, als gäbe es hier gar kein Wasser, nur diesen opaken grünen Teppich, unter dem Undines Reich beginnt. Als habe die Pflanze das Wasser besiegt und in sich aufgesogen. Der Himmel hinter den hohen Bäumen war an diesem Tag zinkgrau, matt und ohne Tiefe. Dieses Gewässer verjüngt sich nach Nordosten, auf beiden Seiten wird es von Böschungen eingefasst, als müsste man immer noch das Wasser in Schach halten. Die Schatten der Erlen und Eichen durchmustern den giftgrünen Wasserteppich, bis dieser sich in ein Rinnsal verliert. Eine rohe Holzbrüstung fasst den Weg ein.

— Ich wollte Max gerade erzählen, was ich aus der Schule noch über Graben wusste, da unterbrach er mich, kaum hatte ich den Mund aufgemacht – »Ich weiß, in der Schule haben sie euch erzählt«,– er hatte diese schreckliche Angewohnheit, einem ins Wort zu fallen! Wenn ich telefonierte, was ich ohnehin nicht gern tue, hat er am liebsten hinter mir oder sogar aus einem anderen Zimmer heraus hinein- und dazwischengerufen, mich verbessert, korrigiert und gewitzelt – »In der Schule haben sie euch erzählt, dass Karl der Große diesen Kanal hat graben lassen.« Ich habe ihn so grimmig angeblickt, dass er mich schließlich zu Wort kommen ließ. »Diese Wut in deinen Augen!«, sagte er und schwieg.

Der Lehrer Wenk hatte an die Tafel gemalt, dass »die beiden Enden der Welt, die Nordsee und das Schwarze Meer«, die Schwäbische Rezat – er sagte immer sehr betont ›Redzat‹ – und die Altmühl sich hier hätten vermählen sollen, »vermählen« hatte er gesagt, sehr feierlich, das weiß ich noch, und auch, dass durch das große Unglück, »ein Gottesurteil«, diese Vermählung hier »an der Talwasserscheide ihr Grab« gefunden habe. Der Lehrer konnte gar nicht aufhören davon zu erzählen, wie angeblich ein Heer von heidnischen Sachsen zur Schachtarbeit versklavt worden war, bis ein »sintflutartiger Regen« binnen sechs Wochen alles zunichtegemacht hatte. Schon im Kindergottesdienst hatten die Sintflut und der Zug durch das Rote Meer meine Phantasie mehr beflügelt als die Wunder Jesu. Ich habe mir vorgestellt, dass die Sintflut bei Graben hereingebrochen sein musste. »Karl der Große«, unterbrach mich Max sanft, »war aber nicht der Erste, der die Wasserscheide überwinden wollte.« – »Das glaube ich nicht! Wer sagt das?« – »Die Archäologen. Die haben hier in der Nähe eine Maske ausgegraben, aus römischer Zeit, aus griechischer vielleicht. Eine Maske des Okéanos, dem Vater der Donau. Diese Maske ist in meinen Augen ein Zeugnis, dass schon die Römer hier einen Durchstich machen wollten. Eine verwickelte Geschichte.« – »Verwickelt? Das haben Sie sich jetzt ausgedacht?« – »Nein! Wenn du dir diese Maske anschaust« – er zog aus seiner Weste eine abgegriffene Ansichtskarte mit einer Photographie der Okéanosscheibe. In einem kreisrunden Gesicht klaffte der Mund wie ein aufgerissener Schlund. »Wahrscheinlich war das ein Wasserspeier für einen Brunnen oder ein Bad«, sagte Max. Die Wellen ondulierten die üppigen Haare, und auf Stirn, Backen und Kinn tummelten sich Delphine, Fische, Polypen und Muscheln zu einem wallenden Bartschmuck.

»Die römischen Ingenieure haben gespürt, dass es ein Frevel war, den natürlichen Lauf der Flüsse verändern zu wollen.« – »Warum ein Frevel?« – »Wie hat dein Lehrer Wenk gesagt? ›Ein Gottesurteil‹. Okéanos hat mit Tethys, seiner Schwester, viele Flusskinder gezeugt. Das sind die Flüsse, wie wir sie heute kennen, für die Griechen aber waren diese Bäche und Flüsse – Mäander, Alpheus, Iskander und so weiter und so weiter – die Kinder der großen Ströme.« – »Aber diese kleinen Bäche und Flüsse münden doch.« – »Für die Griechen waren diese Flüsse lebendige Wesen, mehr noch: Götter, alte Götter. Den Lauf der Flüsse darf man nicht nach Gutdünken verrenken. Es ist, als würde man Familienbande auseinanderreißen. Deshalb war diese Maske als eine besänftigende Gabe gedacht, um den Frevel zu mildern.«

»Wo wurde diese Maske gefunden?«, fragte ich.

»Na, hier! In einer römischen Villa bei Treuchtlingen.« – Max deutete auf die Sonne im Südwesten.

»Von einer Maske hat Herr Lehrer Wenk kein Wort gesagt.« – »Das glaub ich. Er wollte auf seinen Karl nichts kommen lassen.«

Wir gingen auf dem Kamm der Böschung eng nebeneinander her, bis der Weg abfiel und eine Kehre machte und wir auf der anderen Seite der Böschung wieder zum Weiher zurückkamen.

Elsa hob zag die Hand.
— Woher wusste er das alles? Er war doch kein Archäologe.
— Nein, er wollte diese uralte Baustelle sehen und die Maske, die diese Havarie bannen sollte.

Alles, was mit Masken zu tun hatte, begeisterte ihn.

Sie hatten ihn in ihren Bann gezogen, seit er als junger Mann in Hamburg bei Hagenbeck die Tänze der Bella Coola-Indianer gesehen hatte. Später, Anfang der Neunzigerjahre, ist er dann selbst nach Alaska und zu den Stämmen in Britisch-Columbien gereist. Da haben ihn diese »Kunstwerke« – wie schon gesagt: »Kunstwerke!« – nicht mehr losgelassen. Und als er dann kurz vor der Jahrhundertwende anfing, für die Firma Lumière zu arbeiten, konnte er noch einmal dorthin fahren und die maskierten Tänzer aufnehmen.

Für ihn war diese Maske ein Emblem, ein Wappen, das diesem Ort eingeprägt war und ihn von allen anderen unterschied. Treuchtlingen war von Nürnberg aus gut erreichbar, dort hatte sein Onkel noch ein Kontor für Rauchwaren.

— Hat er dir das alles so erklärt?

— Ja, aber ich habe es erst sehr viel später verstanden.

— Weil?

— Weil, nun ja, weil wir an diesem langen Tag nicht nur Graben besuchten und die Maske auf dem Photo bestaunten –

Pauline sprach nicht weiter.

— Sondern?

— Wir ließen das stille Dorf hinter uns. Max deutete auf das gewundene Band der Altmühl, das zwischen Erlen, Weiden und Pappeln durch die noch sommerhellen Wiesen sich in einer dunstigen Ferne verlor. Drei Störche stakten mit gemessenen Schritten durch das feuchte Gras, als wollten sie eine Pantomime aufführen. Unwillkürlich gingen wir langsamer. »Lass uns dort zum Wasser gehen«, hörte ich ihn sagen. Und eh ich mich's versah, hatte er in dem dicht umbuschten Ufer ein Schlupfloch ausgemacht, das zu einer winzigen Sandbucht führte. Jahre später habe ich es nicht mehr gefunden. Ich setzte mich nieder und starrte in das träge vorübergleitende Wasser; in der tiefen Sonne glänzte es wie dunkler Lack. Ich weiß nicht mehr, wie lange ich gedankenverloren so dagesessen habe, als ein Fisch aus dem Wasser schnellte und mich aufschreckte. Sein elastisch vibrierender Körper glänzte in der Sonne und fiel platschend ins Wasser zurück. »Wenn's dem Fisch zu wohl ist –«, hörte ich Max neben mir sagen. Ich blickte hoch: Da stand Max – splitternackt! Ich hatte noch nie einen Mann nackt gesehen. Ich glaube, ich wurde fürchterlich rot, ich schluckte und brachte keinen Ton hervor, da war Max schon ins Wasser geglitten. Er ließ sich ein wenig treiben, tauchte unter und kam prustend wieder herangeschwommen. »Okéanos an Tethys!«, rief er, »Willst du nicht hereinkommen?« – »Ist das Wasser nicht tief?« – »Ich halte dich.« – »Und wenn uns jemand sieht?« – »Dann winken wir und sinken«, lachte er.

Libellen funkelten im blauen Zickzack vorwärts und rückwärts über das Wasser, gestrichelte Blitze in der Sonne. Das Papiergeraschel der Blätter. Grüne Schattenfächer zerteilten den Widerschein schwach durchwindeter Wolken auf dem Wasser. In nervösen Wellen floss das Licht die Pappeln hinauf und ließ die Luft erzittern.

Ich bin aus meinen Kleidern geschlüpft und in den Fluss gestiegen. Das Wasser war klar und kühl, es reichte mir bis zum Hals, es roch nach Minze. Goldschleien wedelten träg in der Tiefe. Wir standen uns eine Weile gegenüber. Er hat die Arme nach mir ausgestreckt und mich auf den Rücken gedreht, als wollte er mich betten und während er mich so in der Schwebe hielt, glitt seine Hand wie eine kleine Welle über mich hin. Etwas zaghaft zunächst, aber bald mit Lust habe ich in diesem taumeligen Wasser nach ihm gegriffen.

Die Sandbucht war so schmal, dass wir nur eng aneinander geschmiegt liegen konnten. Mit einem makellos weißen Tuch, es ist mir schleierhaft, wo er es auf einmal her hatte, hat er mich trocken getupft. Er war sehr zärtlich zu mir.

»Sie haben—«

»Du—«

»Hm – Du – hast wohl an alles gedacht!«

Die Wassertropfen vermischten sich mit unserem Schweiß.

Er zeigte mir das Monogramm auf der Serviette. »Hast du die gestohlen?«

»Aus dem Wirtshaus – Mundraub«, sagte er, und wir küssten uns.

Er bat mich, ganz still zu liegen und zeichnete mit dem Finger meine Umrisse in den Sand.

»Ich sollte dich –«, sagte er und strich mit einem Grashalm meinen Körper entlang, »Carolina nennen.« – »Nein, bitte lass mir meinen Namen!« – Ich hielt es nicht mehr aus, so passiv neben ihm zu liegen, ich sprang auf und stellte mich breitbeinig über ihn. Als wollte ich ihn erschrecken, beugte ich mich mit jedem Wort tiefer zu ihm hinunter: »Es gibt hier etwas, was du nicht weißt! Das hat die Marie mir einmal erzählt. Einen He-xen-tanzplatz!« – Er nahm meinen Kopf in seine Hände: »Das ist furchtbar!« – »Was ist daran schlimm, wir waren doch selbst gerade auf dem Tanzboden?« – »Schlimm?! Man hat die Frauen gefoltert und verbrannt, weil sie sich an solchen Orten angeblich gotteslästerlich aufgeführt hätten.« – »So wie wir jetzt?«, fragte ich. »Ja, so wie wir! Nur können wir darüber lachen«, sagte er, »jetzt!« und zog mich ganz zu sich herab. Ich lag auf ihm, ich lag unter ihm, wir wälzten uns im Sand, ich betastete, aber anders als im Wasser, seinen kräftigen Körper, für Augenblicke hatte ich das Gefühl unter seinen Händen zu schweben, mal war ich den Wolken, mal dem Wasser näher, und mühelos, aber anders als beim Baden, umschlangen und vereinigten wir uns, es war ein Sehnen und ein hitziges Reißen, wie ich es noch nie verspürt hatte, eine Mohnblume, die ihre Schale sprengt und ihre rote Blüte ausstülpt, ich habe gejuchzt und geweint, er hat meinen Schrei mit einem Kuss aufgefangen, und dann, ich wusste nicht mehr, wo ich war und warum es mir gerade jetzt in den Sinn kam, es ist mir einfach herausgerutscht, habe ich ihn angelacht und gesagt: »Wenn die Marie uns jetzt sehen könnte!«

Zitternd, als wäre alle Kraft aus ihm gewichen, legte sich Max neben mich und krümmte sich wie ein fröstelndes Baby. »Deine Marie!«, murmelte er und legte seine Hand auf meinen pulsierenden Bauch, »deine Marie, das muss ja eine sein.« – »Machst du dich lustig?« – »Nein«, murmelte er und schlang seinen Arm schlaff um mich. – »Marie ist meine einzige Freundin«, sagte ich, »sie kennt sich mit den Tieren aus. Sie redet mit ihnen, und Vogelstimmen kann sie nachmachen, wie du. Mit ihr gehe ich manchmal in den Wald. Sie hat mir gezeigt, wie es die Tiere machen.« – »Vor der wirst du keine Geheimnisse haben«, sagte Max. »Du wirst doch nicht eifersüchtig sein.«

Um Himmels willen, Elsa, was erzähl ich da alles!?

Pauline stand wie benommen auf und strich verlegen an ihrem Kimono entlang. Langsam trat sie vor den Wandspiegel und blickte geistesabwesend hinein.

Für einen Augenblick schien sie ihr eigenes Gesicht nicht zu erkennen, schließlich kehrte sie zu Elsa auf die Chaiselongue zurück. Sanft zog Elsa sie näher zu sich. Pauline spürte Elsas Halsschlagader pochen, sie sog den milden Geruch ihrer Haut ein und murmelte, während der warme Atem ihrer eigenen Worte sie benommen machte.
— *Ich sollt es sein; und möchte dies nicht sein, wir sind nicht, was wir sind, der Himmel* – sie verstummte kurz, als Elsa sie fragte
— Was sprichst du da?
— Ich weiß gar nicht, was in mich gefahren ist, es ist so gar nicht meine Art – Elsa legte ihren Arm um Pauline und lehnte sich mit ihr in das große weiche Kissen zurück. So saßen sie eine ganze Weile still und selbstvergessen aneinandergelehnt.

— Ich bin geschlagen mit meinem Gedächtnis. Manchmal möchte ich wirklich etwas vergessen, aber das gelingt nicht. Wir haben darüber keine Macht.

Pauline stand erneut auf und ging ans Fenster. Ohne zu Elsa hinüberzublicken, sprach sie weiter.

— In der Dämmerung sind wir über einen Feldweg zum Bahnhof zurückgegangen. Die Blasmusik wehte durch die Abendluft, die Melodien verzogen sich und rutschten aus dem Takt, sie vermischten sich mit dem Siebenuhrgeläut der Glocken, und manchmal setzte das Spiel einfach aus. Die Musikanten waren betrunken. Ich habe an Marie gedacht, und was ich ihr sagen würde. Und was nicht. Das rote Signallicht und die zwei erleuchteten Fenster des Bahnhofs waren schon von weitem zu sehen. Wir haben kaum gesprochen. Niemand ist uns auf dem Weg entgegengekommen, keiner hat uns gesehen. Mir war weinerlich zumute, ich brachte kein Wort heraus und verlor fast den Boden unter den Füßen, je näher wir zum Bahnhof kamen. Max führte mich von der Gaslaterne und von den herumstehenden Reisenden weg. Es wurde viel geraucht. Als ich endlich den Mund aufmachte und etwas sagen wollte, vor lauter Angst, dass ich ihn nie mehr wiedersehen würde, flüsterte er mir im Dunkel auf dem Perron zu: »Wir sehen uns in einer Woche wieder. Ich komme mit dem D-Zug 10 Uhr 32 aus Nürnberg. Warte auf dem Vorplatz auf mich.« Er nahm mich in seine Arme, küsste mich auf die Stirn und knüpfte die Bändel meiner Bluse flink zu einer Schlaufe. »Mein Kind«, seufzte er, »lebwohl«, ich dachte, ich höre nicht recht, dabei nickte er mit gespieltem Bedauern einer älteren Dame ganz in unserer Nähe zu, die uns misstrauisch beäugt hatte. Drei heranfauchende Pfiffe – und quietschend kam der Zug zum Stehen. »Wo ist denn dein Gepäck?«, rief ich, als er sich aus dem Coupéfenster beugte. »Das spar ich mir fürs nächste Mal auf – es tut mir leid, dass ich dich nicht nach Hause begleiten kann.« – »Du Heuchler! Ein Überfall am Tag genügt mir!« Wie habe ich es genossen, ihn zu duzen!

Max beugte sich noch einmal herab und rief mit affektierter Stimme »E pericoloso sporgersi!« – »Was redest du da?« – »Es ist gefährlich, sich hinauszulehnen! So steht's hier. – Ich tu's aber trotzdem.« Unsere Hände berührten sich flüchtig und mit dem scharfen Pfiff des Schaffners setzte sich der Zug behäbig in Bewegung, ich bin noch einige Schritte mitgelaufen und konnte meine Tränen nicht mehr zurückhalten. Max winkte, die ältere Dame funkelte böse durch die Scheibe. Wie gerne wäre ich mitgefahren.

Mein weiter Heimweg durch die Nacht. Auf dem Rummelplatz war es still geworden, kein Mensch weit und breit. Die Schiffschaukeln ruhten, die große Bude mit dem *Lebenden Gedächtnis* war verrammelt, die Luft noch warm und matt. Max' Geruch umhüllte mich wie ein zweites Kleid.

Barfuß ging ich über den federnden Boden der Viehweide, als wäre es das erste Mal. Und während ich ging und mit meinen Zehen das Moos aus der Erde rupfte und der Mond meinen Schatten zwischen den bleichen Stämmen über den Boden hüpfen ließ, versank die Zeit hinter mir. Zum ersten Mal kehrte ich fremdelnd nach Hause. Die Kruppen der Föhren und Latschenkiefern mit ihren Drachenfratzen ängstigten mich nicht mehr. Im kalten Licht des zunehmenden Mondes schimmerten die Steinhaufen auf den Feldern wie Schädelknochen.

Ich habe laut gesungen *Morgenglanz der Ewigkeit, Licht vom unerschaffnen Lichte,* das Kirchenlied, es wollte einfach heraus, ich bebte mit jedem Schritt vor Erregung. Wenn mich da jemand gehört hätte!

Die nie zuvor gehörten Namen der fernen Städte und Landstriche, der Flüsse und Berge, die dieser Max mir souffliert hatte, die leuchtenden Fixsterne seiner Reisen bewirkten, dass die vertraute Viehweide mir auf einmal exotisch vorkam – sie wurde zu einer Kulisse aus einer ganz anderen, noch nie betretenen Weltgegend.

Als ich ins Dorf kam, dämmerte es schon. Angst hatte ich nur vor den Kettenhunden, aber ich kannte die Schleichwege durch die Gassen. Und waschen wollte ich mich schon gar nicht.

Am Sonntagmorgen habe ich mich vor Marie versteckt, wie der Blitz bin ich nach dem Gottesdienst aus der Kirche gehuscht und durch die Gässchen in die Gärtnerei gelaufen. Aber wie immer war sie flinker als ich und hat es gleich spitz gekriegt, dass ich ausbüxen wollte. Von hinten hat sie meine Brüste gekrallt, wie die Buben das machen und mich in den Nacken gebissen. »Ich hab' gehört, wie du heute Nacht am Haus vorbeigeschlichen bist. Du bist ja überall zerstochen!«, sagte sie und schob meinen Rock hoch.

»Und wie du riechst!«

Erst war ich wütend, weil sie so zudringlich war, aber als sie dann von mir gelassen hat, haben wir uns unter den großen Birnbaum gelegt und uns umarmt, uns die Zöpfe entflochten und die Haare aus dem Gesicht geblasen. Ich habe ihr alles erzählt. Fast alles. Jeden Satz von Max musste ich ihr sagen, und sie hat ihn mit verstellter Stimme wiederholt, Silbe für Silbe wollte sie ihn auskosten und konnte nicht genug davon kriegen: »*Das werden Sie bitte nicht tun!*« – »*Dann winken wir und sinken!*« – »*Ich sollte dich Carolina nennen.*« – »*Das hat der*

*Lehrer Wenk euch nicht erzählt!«,* und wir lachten. »Du hast vielleicht ein Glück!«

Lange haben wir so im Gras gelegen und in die Wolken gestarrt.

»Aber du darfst ihn nicht lieben! Du dumme Gans, ich will nicht, dass du diesen Polarfuchs liebst, hörst du!« Ehe ich auch noch ein Wort herausbrachte, hat sie mich auf den Rücken geworfen, meine Arme auseinandergerissen und sich auf mich gestürzt. Ganz fest hat sie ihren Bauch gegen meinen gedrückt und mich angeschrien: »Er wird dir ein Kind machen und dich sitzen lassen, dein Galan – und dann?«

Am Samstag drauf stand er wieder am Bahnhof, pünktlich, wie er gesagt hatte. Ich hielt mich zwar auf dem Vorplatz auf, blieb aber hinter der großen Linde versteckt. Ein Einspänner ohne Pferd stand in der Sonne. Eine schwarz gekleidete Frau füllte aus einer Schwengelpumpe Wasser in ihren Eimer. Als sie an Max vorüberging, grüßte er sie mit einem Finger an der Hutkrempe, setzte sein Gepäck ab und ging zur Zisterne; er schöpfte Wasser, nässte sein Taschentuch, wischte sich über Stirn und Nacken und trank ein paar Schlucke aus der hohlen Hand. Es war sehr still auf dem Platz. Ich zitterte. Der gesprenkelte Schatten der Linde war wie ein weites Tarnnetz vor mir ausgeworfen. Max ging zurück zu seinem Gepäck. Ein Stativ ragte heraus. Man hätte ihn für einen Maler halten können. Er zündete sich eine kleine Zigarre an, einmal starrte er auch in meine Richtung, dann zog er seine Zwiebeluhr aus der Westentasche. Er war die Ruhe selbst. Offenbar hatte er mich noch immer nicht entdeckt. Oder wollte er mich nicht sehen? Wollte er mich auf die Probe stellen? Ich wollte schreien: »Ja, siehst du mich denn nicht?!«, habe aber keinen Mucks gesagt. Vielleicht, denke ich heute, aber es ist so lange her, wollte ich selbst nicht gesehen werden und war drauf und dran, mich zu verdrücken.

Marie hatte recht, er wusste ja nicht, wo ich lebe. Wir hätten uns nie wiedergesehen. Plötzlich pfiff er hell und frech wie ein Zaunkönig, zwei-, dreimal. Einfach so, in die Luft. Ohne zu mir herüberzublicken. Er hatte mich längst entdeckt.

— Ein Zaunkönig?
— Der Carolinazaunkönig. Den hatte er nachgemacht, als er mich nach unserem – nach dem Bad in der Altmühl auf diesen Namen taufen wollte. Bei uns kommt dieses Vögelchen nicht vor. Im Laub über uns hatte sich damals aber ein anderer Sänger in unser Ohr gewühlt. »Eine Grasmücke«, sagte Max, »ganz großer Künstler. Eigentlich sollte er schon fortgezogen sein.« – »Ob wir ihn stören?« »Nein, er hat auf uns gewartet. Er feuert uns an!«

»Der Carolina ist mein Favorit«, hatte er auf dem Heimweg gesagt und im Wiegeschritt seinen Gesang wiederholt.

— »Max!«
Ich rannte über den Bahnhofsplatz und wollte ihn umarmen, aber er stand steif da, unnahbar, hinter ihm traten drei Gesellen auf den Bahnhofsvorplatz. Ich hatte kaum Zeit zu erschrecken, so förmlich begrüßte er mich, tippte an seine Hutkrempe, und ich, ganz dusselig, machte einen Knicks vor ihm, stell' dir vor! »Wir

gehen jetzt ganz gesittet durch den Ort«, murmelte er, »dann suchen wir uns ein ruhiges Plätzchen im Wald.« – ›Gesittet!‹, ich hätte ihn erwürgen können. Als müsste er sich meiner schämen. Dann fiel bei mir der Groschen.

Pauline nippte an ihrer Tasse und blickte lange auf den Briefstapel. Darunter war auch ein auffällig wulstiger Brief. Sie nahm ihn in die Hand und zog den Schlitz in der Mitte ein wenig auseinander. In dem kurzen Augenblick, als das Kuvert wie ein Fischmaul geöffnet war, sah Elsa darin einen zweiten geöffneten Umschlag mit einem zerrissenem Brief und einer Photographie.
— Ich kann es bis heute nicht glauben, dass man so infam sein kann. Ich habe diesen Brief erst nach Max' Tod entdeckt, sagte Pauline nach einer Weile. Dass er ihn vor mir verborgen hat, würde ich heute tatsächlich als einen »Liebesbeweis« sehen.

Pauline schob den Brief wieder in den Stapel zurück.

— Wir spazierten am Möhrenbach entlang und nach einigen Windungen scherte Max aus und schlug einen schmalen Weg zu den höher gelegenen Marmorbrüchen ein. Auf einer Lichtung machten wir Rast. Später habe ich mich wieder gewundert, wie leicht er diesen Weg gefunden hatte. Er stellte sein Stativ auf und befestigte seinen Kasten mit der Linse darauf. »Mein Polyphem!«, sagte er. Dieser Kinematograph sah aus wie ein Photoapparat mit einer Kurbel, nur musste er nicht verhängt werden.

— Es war doch euer erstes Wiedersehen! Hat er dir nicht gesagt, was er vorhatte?

— »Naturaufnahmen«, sagte er, als würde das irgendetwas erklären – und dann bat er mich, über die Lichtung unterhalb der Marmorbrüche auf ihn zuzugehen und in das Glasauge zu blicken und so zu tun, als würde ich mit einer Hand vor den Augen in die Ferne blicken. Ich wurde etwas unwirsch, weil er immer wieder sagte »tu mal, als ob«. »Ich kann doch auch wirklich in die Ferne blicken.« – »Ja, beim ersten Mal, aber wenn du es für mich wiederholst, ist es schon eine Spielaufgabe.«

Ich fragte ihn, was er denn damit meinte. Er lachte nur, pfiff den Radetzkymarsch und drehte im Takt dazu die Kurbel. Und ich tat so, als schlenderte ich über die Lichtung, wie er mir gesagt hatte. Mir wurde schnell langweilig.

— Hat er dir nicht erklärt, was er da machte und wozu?

— Zunächst habe ich es nicht verstanden, das heißt, ich habe es mir einfach nicht vorstellen können. – Er hat mich vertröstet, dass er mir eines Tages die Bilder, die er hier auf der Lichtung machte, zeigen würde. Jetzt fällt es mir wieder ein! Mit einem Heftchen, in dem Blatt für Blatt ein und dasselbe Pferd gezeichnet war, das über einen Holm springt und auf jedem Blatt ein winziges Stückchen weiter fliegt, – damit hat Max mir die Kinematographie erklärt. Es war eine optische Täuschung, weil man auf dem einzelnen Blatt die Bewegung ja nicht sehen konnte, sondern nur wenn man schnell an den Blättern entlangratschte. Er gab mir das Heftchen mit einer Metallklammer, es war kaum größer als eine Schwefelholzschachtel, und ich ließ mit meinen Fingern das Pferdchen springen. »Das ist ein *Filoscope*«, sagte er, »es kommt aus England. Im Grunde macht der Apparat nichts anderes: Er zerlegt die Bewegung Bild für Bild, und wenn der Film entwickelt ist, kann man die Bilder auch noch an die Wand werfen. Wie bei einer Laterna magica.« – »Und auf der Filmrolle ist dann dieser kurze Augenblick für immer zu sehen?« – »Ja, für immer. Wie bei der Photographie.« – »Und ich gehe immer wieder über diese Lichtung?« – »Ja, immer wieder.«

— Wie kam es, dass Max Kameramann wurde?

— Er hat auf einer seiner Reisen ins Innere Asiens, nein, bei seiner ersten Kamtschatkareise 1896 diesen Monsieur Veyre getroffen, der für die Gebrüder Lumière in Lyon kleine Filme machte. Veyre und Max haben sich auf Anhieb gut verstanden. Diese Filme waren alle knapp 2 Minuten lang, glaube ich. Interessante Sehenswürdigkeiten aus aller Welt, Naturbilder, Tänze, spektakuläre Bauten, eigentlich wie Postkarten, nur nicht so schön bunt. Veyre meinte, Max wäre der ideale Operateur für Asien, weil er viele Gegenden, die Menschen und die Sprachen besser kenne als die meisten Europäer.

— Aber kannte er sich mit den Geräten aus?

— Da konnte man nicht viel falsch machen, hat Max gesagt. Außerdem hatte er sehr früh schon auf Reisen photographiert. Man musste mit dem Kinematographen immer darauf achten, dass man einen Dunkelraum oder einen Sack fand, in dem man den »jungfräulichen Film«, wie die Franzosen sagen, in den Kasten einfädeln konnte.

Da fällt mir ein – warte mal, das muss in einem Brief stehen. Nachdem Max mich in Bremerhaven an Bord der *Kaiser Wilhelm II.* gebracht hatte, ist er nach Bremen zurückgefahren und wollte dort unbedingt Pioniere beim Überqueren der Weser aufnehmen.

Pauline ging die Briefe nach ihrem Poststempel durch.

— »Meine liebe Pauline, nun bist Du schon auf hoher See! Ich bin ja genauso aufgeregt wie Du. Wie Du Dich wohl auf dem Schiff und erst in New York zurechtfinden wirst? Das Ganze ist ein riesiges Abenteuer für uns beide! Ich weiß gar nicht, wie ich Dir danken soll für das Vertrauen, das Du mir gegenüber bezeigst. Stell' Dir vor, was mir letzthin in Bremen passiert ist! Es war an einem Samstagabend, als ich in einem Bremer Restaurant mit einem Major des XI. Pionierregiments ins Gespräch kam, der, wegen meiner Ausrüstung neugierig geworden, für die Kinematographie lebhaftes Interesse zeigte. Er fragte mich, ob ich nicht am nächsten Tag um 3 Uhr eine Übung von Pionieren aufnehmen wolle, die eine Pontonbrücke über die Weser anlegen würden. Gesagt, getan! Als ich am nächsten Morgen in meinem Hotel meinen Kinematographen einpacken wollte, musste ich feststellen, dass er nicht bestückt war. Was tun? An einem Sonntag sind alle Photoateliers geschlossen. Ich hatte keine Dunkelkammer, andererseits wäre es eine Blamage gewesen, unverrichteter Dinge wieder abzuziehen. Etwas ratlos streifte ich durch die Stadt, als ich auf einer sehr großen Straße ein Bestattungs-Institut entdeckte, das sonntags geöffnet hatte. Es waren dort Särge in sehr unterschiedlicher Größe ausgestellt. Ich konnte den Besitzer anhand meiner Ausrüstung überzeugen, mich für einige Minuten

*in einen Sarg schlüpfen zu lassen, um in absoluter Dunkelheit die Filme einzulegen. Vielleicht hat auch die Visitenkarte des Majors geholfen, auf der dieser Ort und Uhrzeit des Manövers vermerkt hatte, mein Anliegen vollends glaubwürdig zu machen. Ich kletterte also mit dem unbelichteten Film und dem Kinematographen in den Sarg, der Deckel wurde über mir geschlossen, und ich konnte in dieser provisorischen Dunkelkammer meine Arbeit verrichten.«*
Sie legte den Brief wieder zu dem Stapel.

— Diese Aufnahmen, wie auch jene, die er auf der Heimfahrt nach Nürnberg machte, habe ich nie gesehen, vermutlich schlummern sie bis heute in einem Archiv in Lyon oder weiß der Himmel wo.

Max richtete noch einmal seinen Kinematographen auf das weite Tal und drehte die Kurbel, als die Eisenbahn über den Damm rollte. Später haben wir uns in den Schatten der Bäume zurückgezogen. Er hatte einen kleinen Picknickkorb dabei. Ich habe ihm von meinem Onkel erzählt und wie es gekommen ist, dass ich bei ihm lebe, aber aus dem Dorf wegmöchte. »Ich will hier nicht verheiratet werden. Ich habe so gut wie keine Mitgift.« Er hörte mir zu, stellte keine neugierigen Fragen, nur hin und wieder hakte er nach. Ich habe ihm vom Tod meiner Eltern erzählt und auch den Kugelblitz nicht vergessen, den mein Kantorvater in der St.-Johannis-Kirche gesehen haben will, einen Tag nach der Beerdigung meiner Mutter. Da leuchteten Max' Augen. Ich wusste von meinem Vater sehr wenig, eigentlich hatte ich nur diese unheimliche Geschichte behalten – halt nein!, auch den Tag, als wir, mein Onkel und ich, ihn auf der Schütt haben stehen sehen, unbeweglich, ganz in Schwarz, mit seinen zerzausten Haaren, und er auf mein Rufen und Winken einfach nicht reagiert hatte. »Er hatte recht!«, sagte Max, »ich meine mit dem Kugelblitz! Ein Schamane der Nenzen, das sind Nomaden in der sibirischen Tundra, hat mir davon erzählt. Der Blitz, den er selbst gesehen hatte, war ein Rad, eine Flammenkugel, sie ist durch sein Zelt gerast, sein Hund hat danach geschnappt und war auf der Stelle tot. Von so etwas erholt man sich nur schwer, hat mir der Jäger gesagt. Die Geister der Ahnen hätten ihn heimgesucht. – Und noch eine Geschichte zu den schlohweißen Haaren kommt mir in den Sinn. Dr. Baelz hat sie veröffentlicht. Da ging es um eine dreißigjährige Frau, die bei einer Schiffskollision nachts mit ihrem Kind ins Meer sprang und nach ungewissen Stunden gerettet wurde. Das Kind war tot. Ihr brünettes Haar war grauweiß geworden. Sie war nicht wiederzuerkennen.«

— Ich habe gar nicht richtig hingehört, so weh hat mir diese Geschichte getan. Ich habe nur geseufzt. »Auf dem Schiff. Nachts. Das tote Kind.« Es war ein schwacher Trost, als er mir sagte: »So etwas ist extrem unwahrscheinlich. Das würde dir bestimmt nicht passieren.« – »Aber meinem Vater ist es passiert.« – »Umso unwahrscheinlicher ist es, dass dir so etwas zustößt.«

— Aber die Schiffsreise wollte er dir zumuten!, sagte jetzt Elsa.
— Ach so, du meinst, dass er–
Pauline hielt inne.
— Dass ihm plötzlich mulmig wurde?
— Das kann ich nicht sagen. Aber es ist doch möglich, dass er mit der Erwähnung des Schiffsunglücks schon an das Abenteuer dachte, dem er dich aussetzen würde.
— Ich muss wohl so etwas gespürt haben. Es hat mich geängstigt.

Ich wollte von Max wissen, wo er diese ganzen Geschichten aufgeschnappt habe, was er eigentlich sei, er sei »Opérateur«, sagte er. – »Und was ist das, bitte!«, fuhr ich ihn an, irgendwie war mir die Schiffsgeschichte doch sehr nachgegangen, und ich war wütend, weil er schon wieder so schrecklich souverän auftrat. »Ich mache diese kinematographischen Aufnahmen – für die Franzosen. Ich schicke morgen diese beiden Rollen nach Lyon. Dort landen sie in einem Laboratorium in einer chemische ›Suppe‹. Es ist wie beim Kochen, das Rohe wird gegart. Ich reise für die Brüder Lumière durch Asien, Alaska und Britisch Kolumbien.« – »Hast du Kinder?«, unterbrach ich ihn. Max blickte mich lange an. »Du willst wissen, ob ich verheiratet bin. – Ich bin Junggeselle.« Marie hatte mich gedrängt, ich solle das herausfinden. »Er ist bestimmt ein Heiratsschwindler!«, hatte sie gesagt, als wär er ihre Amour und nicht meine! »Ich war nie verheiratet, und Kinder habe ich auch keine.« Er hielt seine unberingten Hände hoch, wie um sich zu ergeben, und weil wir schon halb lagen, stürzte ich mich auf ihn, und wir umarmten und küssten uns. »Was heißt denn das?«, biss ich ihn mit gespieltem Zorn ins Ohr, »du überschüttest mich mit Wörtern, die ich nicht kenne, du bist ein Schwindler: Opérateur! Nenzen! Klimato–!, was weiß ich Kimonograph! Machst du dich über mich lustig? Weil ich so wenig weiß, weil ich so jung bin, und weil ich die Welt nicht kenne?!« Plötzlich aber hatte ich Angst, dass er wütend würde, weil ich so laut und respektlos auf ihn einredete, er war doch so viel älter als ich, und mit niemandem im Dorf hätte ich je so – aber er hat sich nur ganz ruhig ausgestreckt, die Arme ausgebreitet und den Kopf weit zur Seite gedreht wie ein besiegtes Tier. Ich habe mein Ohr an seine Brust gelegt, da hörte ich hinter seiner Stimme sein Herz pochen. Mein Zorn ist wie von selbst verraucht. Ich verstand nicht, was er da murmelte, wo ich mich doch eigentlich an fast jedes Wort in diesen Stunden erinnern kann, an jedes Wort, es war ein Singsang, mehr geraunt als gesprochen, etwas Gereimtes, englisch.

Am Abend sind wir zum Bahnhof zurückgegangen. Wieder standen wir wie eine Woche zuvor auf dem immer noch schwülwarmen Vorplatz und wieder haben wir uns umarmt, doch jetzt war er mir schon viel vertrauter. Ein Hund hat gebellt.

Was er da im Gras gemurmelt hätte, habe ich auf dem Weg zum Perron gefragt. Ich hatte mir schon am Morgen eine Bahnsteigkarte besorgt. – »Hast du das gehört mit deinen kleinen Ohren?« – »Schreibst du es mir bitte auf.« Er zog das *Filoscope* mit dem springenden Pferd aus seiner Jackentasche, befeuchtete seinen Bleistiftstummel und schrieb geschwind die Zeilen auf die

Rückseite. *Will there really be a »Morning«? Is there such a thing as »day«?* Der Schaffner hielt die Coupétür auf, Max sprang hinein und riss das Fenster herunter. Drei Pfiffe, eine Synkope: »Kurz – kurz – lang! – ein U! – wie passend! – You!« Ich schaute verwirrt zu ihm hoch, ich verstand kein Wort.

Mit einem angedeuteten Kuss warf er mir das *Filoscope* zu. Seine Gestalt verschwand im Dampf der Lokomotive. *Samstag 10 Uhr 32!* stand unter den englischen Zeilen.

Die ersten richtigen »Naturszenen« habe ich in Neu York gesehen, nein, eigentlich in Buffalo. Das habe ich ihm auch ausführlich geschrieben–
— In Buffalo? Bei den Niagarafällen!
— Die waren fast schon eine Nebensache. Damals ging es dort drunter und drüber. Niemand konnte ahnen–
— Willst du mir den Brief nicht vorlesen?
Pauline griff den Briefstapel, blätterte ihn geschwind durch und zog einige Blätter heraus.
— Wenn du meinst. Er ist ein bisschen geschwätzig –
Sie überflog den Brief und schien einen Augenblick zu zögern. Sie war sichtlich nervös.

»*Lieber Max*« – Ich sollte vielleicht noch sagen, dass Oswald, ich meine, er war es, der mich zu diesem Ausflug eingeladen hat. Ich erwähne ihn in dem Brief nicht ausdrücklich. Das ist das »wir«. Aber das spielt jetzt wirklich keine Rolle mehr.

*»Buffalo, den 9. IX. 1901 – Lieber Max! Wo magst du wohl gerade sein? Bist du vom Baikalsee wieder zurück? Ich schreibe Dir wie immer poste restante nach St. Petersburg. Vor zwei Tagen sind wir mit*

*der Neu York Central & Hudson River* und so
weiter und so weiter *nach Buffalo ... Es konnte
ja niemand vorhersehen ... dort ... ein Attentat
auf den amerikanischen Präsidenten ... Erfahren
haben wir es erst während der Reise von unterwegs
zugestiegenen Passagieren. Es war das erste Mal, dass
ich Neu York verlassen habe ... Die Niagarafälle ...
Am allermeisten ... nicht das Wasser ... das Getöse ...
Die Pan-American Exhibition ... ich ... einen sehr
adretten weißen Hut und ein Leinenkleid, es war
noch sehr warm um diese Jahreszeit. Die Exhibition
sehr eindrucksvoll ... Grandios ... Electric Tower ...
Mit einem kleinen Dampfboot sind wir vom Mirror
Lake ...* das ist jetzt nicht so interessant ... ah
hier! *... ein Glashaus wie in meinem Botanic Garden
in der Bronx, und davor sind ein paar junge Bäume
gepflanzt, darunter ein Taschentuchbaum! frisch aus
China importiert. Der blüht aber leider schon im Mai,
er hat Blüten so groß und weiß wie Taschentücher.
Ich hätte Dir gerne ein solches Taschentuch mit dem
Abdruck meiner Lippen in den Brief gesteckt ...* Wie
närrisch! *... Sehr komisch ist die Scenic Railway – ich
habe mich erinnert, dass Du mir diese Einrichtung
schon einmal geschildert hast, ich glaube, sie steht
im Wiener Prater ... Du schwärmst doch immer
von Wien, warum eigentlich? ... Man fährt mit
einem Zug durch einen Tunnel und eine künstliche
Landschaft! Das ist sehr komisch ..., weil man ja
in Amerika immer und überall nur mit dem Zug*

*fährt! ... »Die Amerikaner haben hier auch ihre
Kolonien ausgestellt«, habe ich auf deutsch gesagt, als
wir nach dem Pavillon of Hawaii die Philippine
Village besichtigt haben: »My dear girl! We never had
any colonies like your country. Remember that!«, hat
mich eine ältere Dame angeschnarrt, die wohl deutsch
konnte. Sie sah übrigens unserer Zugbekanntschaft, der
Hutmacherin aus Soest ähnlich, die wir auf unserer
Fahrt von Nürnberg nach Bremerhaven kennengelernt
haben. Da hast Du Dich als »Opérateur« und mich
als Deine Tochter ausgegeben. Erinnerst Du Dich?
Es war nur eine halbe Lüge. Die Hutmacherin hat
Dir nicht ganz über den Weg getraut, weil sie gesehen
hat, wie ich rot geworden bin und Du keinen Ring
am Finger hattest. Deine Visitenkarte hat sie dann
aber sehr beeindruckt! Und stell' Dir vor – neben dem
philippinischen Dorf gibt es Alt-Nürnberg! Warum
Alt-Nürnberg? Keiner konnte es uns sagen. Es waren
auch Landsleute da. Den Schönen Brunnen haben sie
nachgebaut, er sieht aus wie das Original, das Du mir
in Nürnberg gezeigt hast und an dem wir das eiserne
Ringlein gedreht haben. Als ich in Buffalo vor dem
nachgemachten Brunnen stand, habe ich vor lauter
Heimweh geweint.*

Pauline brach unvermittelt ab und ließ den Brief sinken.
Sie blickte an Elsa vorbei in eine unbestimmte Ferne.
— Wie habe ich das nur vergessen können! In Nürnberg hat mich Max gleich vom Bahnhof weg zu einem

Photoatelier mitgenommen. Er hatte mir ja vorher immer wieder vergeblich erklärt, dass sein Polyphem nicht nur Bilder aufnehmen, sondern auch an die Wand werfen könnte. Zeigen konnte er es mir aber nicht. Ich würde bestimmt überrascht sein, als hätte ich nicht schon Überraschungen genug erlebt, bin ich doch von Treuchtlingen nach Nürnberg allein gefahren. Als ich die Dörfer und Städtchen entlang der Strecke passiert habe, wurde mir fast schwindlig. Es war ein schöner Tag, wie blank gewebt glitten die abgeernteten Felder vorüber, der Himmel war sehr hell. Ich hätte ja überall, in Weissenburg, in Ellingen, in Pleinfeld aussteigen und die Reise abbrechen können. Wie steinerne Sirenen tauchten die rotgedeckten Türme der Kirchen und Schlösser vor mir auf und lockten mich. Die Wülzburg und das geheiminsvolle Schloss Sandsee grüßten von den Hügeln. Irgendwie wäre ich schon wieder nach Hause gekommen. Aber der hämmernde Takt der Räder – »es klingt wie *Cigarétte! Cigarétte!*«, hatte Max einmal gesagt und mit dem Finger dazu geklopft – ging mir durch Mark und Bein und trieb mich immer weiter von zu Hause fort.

Max hatte mir angeboten, mich in Treuchtlingen abzuholen, doch ich wollte die erste Strecke nach Nürnberg allein fahren, als müsste ich ihm und mir beweisen, dass ich diese Reise wirklich antreten würde. Aber nie werde ich vergessen, wie Marie mich am Sonntagmorgen über die Viehweide und durch das neblichte Altmühtal begleitet hat. Unter Tränen hat sie mir auf dem Bahnsteig zugewunken. Ich habe mich weit aus dem Fenster gelehnt und zurückgewunken und mir gleich einen Aschefunken eingefangen, dass mir die Tränen kamen. Als ich mit dem Tüchlein, das Marie mir im letzten Augenblick zugesteckt hatte, mein gereiztes Auge schützen wollte, entdeckte ich, dass es bestickt war. Ich habe es noch —

Pauline legte den Brief beiseite. Das Tuch war blau und rot bestickt. Elsa hatte einige Mühe, die eng ineinander verschlungenen Wörter zu lesen.

> Kennst du den seltsamen Kristall?
> Er deutet strahlend himmelwärts,
> Rund ist er, wie das blaue All,
> Und seine Folie ist das Herz;
> Es bricht aus ihm ein heilig Licht,
> Das ist der werten Folie Glanz;
> Wann Lieb und Leiden die zerbricht,
> Zerfließet er in Strahlen ganz.

— Es ist ein Rätsel, sagte Pauline, vielleicht von einem Dichter. Die Lösung ist nicht schwer, aber allein diese Mühe und die Liebe, für mich so etwas zu sticken! Sie hatte es auf einem Kalenderblatt gefunden, kurz nachdem ich ihr von Max' ›Angebot‹ erzählt hatte – einen Antrag konnte man es wohl nicht nennen.

Der bräunliche Fleck hier, Pauline deutete auf »das blaue All«, ist ein Blutfleck, da wird sie sich gestochen haben.

Um den blau gestickten Text war ein rotes Oval geschlungen. Elsa legte das Tüchlein neben die Briefe.
— Ich komme nicht auf die Lösung, sagte Elsa. Verrätst du sie mir?

—Jetzt habe ich den Faden verloren! Ich wollte dir doch eigentlich–

—Du wolltest mir von einer Überraschung, die Max dir–

—Ja, natürlich! Max holte mich in Nürnberg am Bahnhof ab und führte mich in das Atelier eines Hofoptikers – *Leidiger* hieß der, glaube ich. Dort war ein Kinematograph aufgebaut. Der Optiker hatte unseren Besuch offenbar schon erwartet, denn sein Atelier war an einem Sonntag geöffnet. Es waren auch noch einige andere Herren da. Sie alle waren dunkel gekleidet. Keiner sprach ein Wort, es herrschte eine feierliche, etwas angespannte Stimmung. Als in meiner Nähe einer der Gäste sich eine Zigarre anzündete, dirigierte ihn Max vom Gerät weg: »Das Material ist entflammbar!« Max bat mich, auf dem einzigen Stuhl neben dem Kinematographen Platz zu nehmen und stellte sich hinter mich. Der Apparat, der Polyphem, den ich ja schon kannte, war auf einem Stativ aufgebockt, das Gehäuse war jetzt wie verwandelt, – als hätte es sein Inneres nach außen gekehrt. Eine Lampe im Kasten flammte auf, die schweren Samtvorhänge wurden zugezogen, im Atelier war es jetzt stockdunkel, im hellen

Strahl der Projektion zitterten die leuchtenden Bahnen der Staubpartikel und wurden von den silbergrauen Schlaufen des Zigarrenrauchs träg umwickelt, auf der Wand vor uns flammte ein blendend helles Quadrat auf, das von schwarzen Striemen zerhäckselt wurde. Im ersten Augenblick wusste ich nicht, ob ich selbst es war, die so zitterte oder die Gestalt der Tänzerin, die in einem riesigen wehenden Gewand in immer neuen Pirouetten herumwirbelte. Die Frau selbst war nur selten zu erkennen, so vielfältig waren die Formen, die sie um sich herum erzeugte. In das Rattern der Apparatur hinein rief Max »Der Papillon! Das ist die Verwandlungskünstlerin Madame Loie Fuller!« – Die Herren klatschten, aber ich konnte nicht glauben, was sich da vor mir abspielte. Als die Szene zu Ende war, legte Max einen zweiten Streifen ein – ich hatte noch gar keine Zeit, mich von dem Gesehenen zu erholen. In dem nächsten Bild ging es ruhiger zu – man sah Pferdeomnibusse und berittene Uniformierte, aber sie waren etwas anders gekleidet als die Hiesigen, die Straße war schwarz von Menschen, sie bewegten sich ruhig hin und her, einmal blieb einer stehen und schaute direkt zu uns herüber. Im Hintergrund waren sehr hohe Häuser zu sehen, doch es waren keine Kirchen. »Das ist doch der Broadway in New York, nicht wahr?«, rief eine Stimme im Dunkeln. »Erraten!«, gab Max zurück und drückte leicht meine Schulter; er beugte sich zu mir herab: »Tu' überrascht, aber behalt's für dich!«

— Er hat dir New York gezeigt, ehe du selbst da warst?

Und die Leute im Atelier sollten genau das nicht erfahren?
— Ja, spätestens in diesem Augenblick habe ich begriffen, dass diese ganze Reise nicht nur für mich, sondern auch für ihn ein Abenteuer war.

Pauline legte den Brief beiseite.

— Der Brief ist aber noch nicht zu Ende, sagte Elsa.

Pauline nahm das letzte Blatt und ging stumm durch einige Zeilen.

— Ach ja. »*In der Zeitung steht heute, dass Präsident McKinley auf tückische Weise angeschossen wurde – er hat zwar viel Blut verloren, aber man hofft, dass er das Attentat überleben wird. Der Attentäter, ein polnischer Anarchist, soll angeblich seine rechte Hand, in der er den Revolver hielt, mit einem weißen Tuch umwickelt haben, als wäre er verletzt. Der Präsident hat deshalb nach dessen Linker gegriffen. In diesem Augenblick hat der Täter ihn in den Bauch geschossen. Normalerweise müssen alle, so steht es in der Zeitung, die dem Präsidenten die Hand schütteln, beide Hände frei haben. Es passierte im Temple of Music, wo gerade Musik von Johann Sebastian Bach auf einer Wurlitzer Orgel gespielt wurde. Herr McKinley wollte den Besuchern, die nur seinetwegen dorthin gekommen waren, persönlich die Hand schütteln, obwohl sein Sekretär ihm davon abgeraten hatte. Heute haben sich viele Menschen vor dem Musiktempel versammelt. Sie sind alle sehr still. Ich habe mich nicht hineingetraut. Wenn eine der großen Türen aufgeht, hört man einige Takte lang Orgelmusik. Morgen geht es noch einmal zu den Niagarafällen und übermorgen zurück nach Neu York ...* «

Pauline brach ab. Sie steckte den Brief wieder ins Kuvert.

— Als ich wieder in Neu York war, habe ich Max das Portrait geschickt, das Mr. Soule Jr. in seinem Atelier von mir gemacht hatte.

Max hat mir mit einer reizenden Postkarte geantwortet, – erst später ist mir aufgegangen, dass er wohl Angst hatte, Oswald, den er ja persönlich kannte und dem er mich empfohlen hatte, könnte sein Nebenbuhler werden. Er tat alles, um unsere Liebe durch Briefe und Telegramme am Leben zu erhalten. – Neu York hatte ja auch seine verführerischen Seiten.
— Glaubst du, Max hat es bereut, dich auf diese, wie soll ich sagen ›Mission‹ zu schicken?
— Mission? – Das Wort wäre mir nie eingefallen. Eine Mission ist doch ein Auftrag, mit einem bestimmten Ziel, das man erreichen oder erfüllen will.
— Aber war es das nicht?
Pauline wirkte für einen Augenblick verstört.
— Aber welches Ziel sollte das gewesen sein? Er hat mich doch nicht auf eine Mission geschickt?

Elsa nahm sich ein Herz und sagte, als hätte sie sich diesen Satz zurechtgelegt, langsam und mit etwas belegter Stimme:
— »Die überwältigende, den Raum und die Zeit übergreifende Liebe unter Beweis zu stellen.«
— Ist das ein Zitat?, fragte Pauline spöttisch.
— Nein, das hatte ich einmal an Uli geschrieben. Ich meine, war es denn nicht eine Demütigung für dich, so fern von Max in dem unbekannten New York – sie zögerte – auszuharren, auf ihn zu warten, zu warten bis die Zeit, die Frist für deine Rückkehr, – die Max festgelegt hatte! – verstrichen wäre? Das ist doch kaum auszuhalten! Und warum sollte eine junge Frau da nicht über die Stränge schlagen? – Oder verzweifeln?

Pauline schwieg eine Weile. Die spöttische Miene war aus ihren Zügen gewichen. Sie blickte Elsa lange an.
— Das kann ich nicht leugnen, Elsa. Es hat solche Augenblicke, Stunden und Tage, Tage und Wochen gegeben, vor allem, wenn ich nichts von ihm hörte, wo ich nicht nur an unserer Liebe gezweifelt habe, sondern Angst hatte, verrückt zu werden. Und mir Vorwürfe machte, mir, ihm und Marie, dass ich mich auf dieses Abenteuer eingelassen hatte. Einmal wollte ich dem Onkel schreiben, dass es mir leidtäte und ich zurückkommen würde, aber dann kam wieder ein Brief, eine Karte oder ein Kabel von Max und ich war –
Pauline brach ab.
— Oswald hat es mir angesehen, aber er hat es nicht

ausgenutzt. Er wollte mich Max nicht abspenstig machen.
— Und du selbst? Es muss doch nicht immer der andere sein, der verführt.
— Du willst es aber sehr genau wissen!
— Oswald ist nicht meine Erfindung, wandte Elsa ein. Er war dir von Max empfohlen worden, du hast im Botanischen Garten mit ihm gearbeitet, er hat dich in die Geheimnisse der Blume eingeweiht, er war ganz offenbar ein gutaussehender Mann, und zusammen habt ihr eine Reise nach Buffalo unternommen. – Ich gehe nur der Spur nach, die du selbst gelegt hast.
— Ja, ich habe, ich war – das kannst du mir doch nicht verdenken!
— Pauline! Du überhäufst mich mit Namen und Ereignissen, von deren Existenz ich bis heute nicht die leiseste Ahnung hatte!

Pauline nahm den Brief vom Tisch, als wollte sie ihn noch einmal wiegen, verstaute ihn im Stapel und legte den ganzen Packen in die Schublade. Sie ließ sich dabei, entgegen ihrer hurtigen Art, mit Dingen zu hantieren, sehr viel Zeit; offenbar wollte sie durch diese fast betuliche Sorgfalt ihre Antwort hinauszögern.
— Wegen Oswald hätte ich Max – fast, sagte Pauline leise, ohne den Satz zu Ende zu sprechen.
— Hast du aber nicht. – War es wegen des Geldes?
— Wegen des Geldes hätte ich nicht gezögert. Max war reich; diesen Verlust hätte er verschmerzt. Er glaubte,

mit seiner großzügigen ›Gabe‹ das unwägbare Risiko kalkulieren zu können, den Liebesverlust. Das war kränkend.
— Das hattest du in der Hand.
— So etwas hat man nicht ›in der Hand‹. Nicht mit siebzehn, achtzehn Jahren, auch wenn ich kein Backfisch mehr war.
— Hast du dieses Spiel von Anfang an durchschaut?
Pauline schwieg.
— Es war kein Spiel. Es sah nur so aus. – Ihm war ernst damit. Das Spiel war eine Tarnung.
— Habt ihr je darüber gesprochen? Später?
— Wir haben es bei Anspielungen belassen.
Elsa atmete tief durch.
Wie einen Joker zog Pauline eine Briefkarte aus dem Ärmel. Es war das Photo der Okéanos-Maske.
— Mit dieser Karte hat er mir geantwortet, nachdem er mein Photo erhalten hatte.

*»My Polly, my Folly, – Wenn ich schon nicht*
*das Wasser sein kann, das an Deinem Körper*
*hinunterrinnt und nach diesem und jenem Schlupfloch*
*lechzt und schließlich aufspürt, um dort ein wenig zu*
*verweilen, ehe es wieder seine Benetzung aufgeben*
*muss und nur das Gefühl der verronnenen Augenblicke*
*als Abdruck auf der Haut zurückbleibt, wenn mir das*
*selbst nicht vergönnt ist, dann soll dieses Kärtlein Dich*
*an unsere ersten Stunde am Wasser erinnern.«*

— Ich verstehe, sagte Elsa. Und nach einer kleinen Weile fragte sie: Wie viel Geld war es eigentlich?

Es klopfte an der Haustür.
— Der Klempner ist doch schon gegangen.
Pauline stand auf, noch vor der Schwelle drehte sie sich um. — Oh, ich glaube, es ist Herr Soldau! Heute ist doch Donnerstag – ich habe ihn glatt vergessen!

Sie huschte aus dem Salon, die Tür blieb angelehnt.

Im Flur war die Stimme eines Mannes zu hören.
— Ich habe mir Sorgen gemacht, nachdem Sie vorhin nicht ans Telefon gegangen sind–
— Sie müssen das entschuldigen. – Ich habe heute Besuch bekommen, es ist alles ein wenig aufregend. Aber kommen Sie doch herein, Richard.
— Ich möchte Sie nicht stören, wenn Sie heute keinen Spaziergang machen wollen, – ich wollte mich nur erkundigen, wie es Ihnen–

Elsa war aufgestanden. Ein Mann Mitte dreißig trat ins Zimmer. Großgewachsen, helle Augen, sein gescheiteltes Haar fiel ihm ins Gesicht. Er lächelte etwas verlegen. Elsa fühlte sich von seiner Stimme angezogen.
— Bitte, bleiben Sie bitte sitzen – Soldau, Richard Soldau.
— Das ist Elsa, Elsa Wolff. Sie hat als Kind hier zweimal die Ferien verbracht. Sie studiert Biologie–

— In Frankfurt.

— Richard – Herr Soldau ist Lehrer.

— Volksschullehrer.

— Eigentlich ist er Musiker, Bratschist.

Richard Soldau hob abwehrend die Hände.

— Zu lange aus der Übung.

Soldau schien zu überlegen, ob er nicht besser wieder gehen sollte, als Pauline ihm einen Stuhl hinschob.

— Kommen Sie aus Ostpreußen?, fragte Elsa.

— Allenstein. – Das hört man wohl noch?

— Im Museum kenne ich einen älteren Ornithologen, er war viele Jahre auf der Kurischen Nehrung.

— In Rositten. Die Vogelwarte.

— »Die Nehrung ist wie der Anfang und das Ende der Welt«, hat Max gesagt, nur Düne, Wind und Wasser. Hingekommen sind wir leider nie. Heute ist es so gut wie unmöglich. Stattdessen hat er mich nach Sibirien und bis hinüber nach Alaska und Japan gelockt. Nicht, dass ich es bereuen würde, im Gegenteil.

Noch während sie sprach, schweiften ihre Gedanken ab und Bilder des Awatscha und des Tolbatschik auf Kamtschatka tauchten vor ihr auf. Wie große Zelte aus Papier und weit ausgebreitete Gewänder lagen die Vulkane in der Ferne vor ihr. Mächtiger und vielgestaltiger als der Fuji war der Awatscha das Haupt und die Krone einer Kette von schwelenden Vulkanschloten. Die grauen Shawls der Aschewolken schwebten in Spiralen über den blauweißen Kimonos der verschneiten Berghänge. Als würden sie sich ausruhen und Kraft sammeln für das Unvorhersehbare. Der schönste war der Kronotzky-Vulkan – ein gleichmäßig sich verjüngendes weißes Zelt, vor dem sich der Bolschaya Udina mit seinem Kragen aus erstarrter schwarzer Lava wie ein dramatisches Gewand abhob. Pauline hatte diesen Reigen der Feuerberge zum ersten Mal 1910 gesehen, als sie mit Max in dem gottverlassenen Petropawlowsk an Land gegangen und nach Süden gewandert war. Mit der Dämmerung kam der Schnee. Die Berge verbargen sich hinter weiß schraffierten Schleiern. Die Muster der unbunten Kimonos schwebten durch die Luft. Dreizehn Jahre zuvor war Max zusammen mit Gabriel Veyre dort gewesen, um »Naturszenen« zu drehen. Was Max Pauline erzählt hatte, kam ihr reichlich pathetisch vor, doch als sie dann leibhaftig vor den Riesen stand, dachte sie, dass Max noch untertrieben hatte. Das schiere Ausmaß der Bergkette und die vielfältigen stofflichen Kontraste aus Schnee und Lavafeldern, Rauch und Wolken machten sie sprachlos.

Mit eng aneinanderliegenden Daumen und Zeigefingern zog Soldau seine beiden Hände zu einem Bogen auseinander.
— Die Nehrung ist einhundert Kilometer lang und nur einen Kilometer breit! Von Norden nach Süden wie gezirkelt. Ich war sieben, als meine Eltern mit meiner Schwester und mir einen Ausflug nach Nidden–
— Das Rubinkehlchen!, entfuhr es Pauline.
— Was sagst du?, fragte Elsa.

— Auf Kamtschatka, etwas so Himmlisches! – Oh, entschuldigt, ich war mit meinen Gedanken ganz woanders.

Soldau wollte schon wieder aufstehen, als Pauline ihn sanft am Ärmel zupfte, und er auf seinen Stuhl zurücksank.

Eine eigenartige Stille breitete sich im Zimmer aus. Richard Soldau räusperte sich.

— Ich war acht, als ich zum zweiten Mal bei Pauline war, sagte Elsa. Damals wohnten Flüchtlinge im Haus, die Familie Slawa aus Göding in Mähren. Wenn die Erwachsenen sich etwas mitzuteilen hatten, das der Junge nicht verstehen sollte, wechselten sie mitten im Satz ins Tschechische. Ich war so verdutzt, dass ich dachte, es wäre eine Art Kauderwelsch-Zauber für den Jungen – wie hieß er gleich, Pauline?

— Martin, glaub ich.

— Ja, Martin! Wie der lachen konnte! In diesem Winter ist Mimi gestorben. Sie war sehr faul und sehr zutraulich. Ich glaube, sie war kurzsichtig.

— Wie bitte?, lachte Soldau

Die Schuhschachtel, die Pauline damals aus einer Kammer geholt hatte, war zu klein. Die Katze ließ sich nicht mehr zusammenrollen. Erst als Pauline ihr begreiflich gemacht hatte, dass Mimi nie mehr mit dem Schwanz peitschen und sich nicht mehr buckeln und strecken und zusammenrollen würde, begriff Elsa, dass die Katze wirklich tot war. Da weinte sie. Draußen hatte es wieder zu schneien begonnen. Am Nachmittag schippte Pauline einen schmalen Pfad durch den frischen Schnee und hackte den gefrorenen Boden des Blumenbeets auf. In ihrer Schürze trug sie die tote Mimi heraus, sie begruben das Tier auf zwei gehäkelten Topflappen. Eine Tulpenzwiebel lag wie ein kleines Horn über dem Kopf des Tieres. Elsa fragte, ob die Katze nicht frieren würde. Pauline sagte »Jetzt nicht mehr.« Das Katzengrab am Ende der Fußstapfen blieb noch tagelang als eine Delle im Schneepolster sichtbar, nachdem wieder Schnee gefallen und die schwarzen Krumen unter der weißen Decke verschwunden waren. Einige welke Ahornblätter waren auf das Beet gefallen. »Tigerpranken«, hatte Pauline am nächsten Tag zu Elsa gesagt, »die passen zu unserer Mimi.«

— Herr Soldau holt mich alle vierzehn Tage zu einem Spaziergang oder einer kleinen Ausfahrt ab. Oder wir spielen eine Kampfpatience. – Also, was wollen wir machen? Für einen Spaziergang ist es mir zu schwül.
— Ich fahre Sie gerne mit dem Auto über Land, wohin Sie mögen.
— Dann hätte ich einen Wunsch! – Im selben Augenblick bereute Elsa ihre spontane Äußerung, als sei sie zu vorlaut gewesen. – Entschuldigt–
Pauline ging darüber hinweg.
— Nun sag' schon.
— Wie wär's, wenn wir nach Graben fahren würden?
— Ist das dein Ernst? – Nun ja, warum nicht? Richard, würden Sie das machen? Es ist nicht sehr weit, zehn Kilometer. Am Abend ist es sehr schön in dieser Gegend. Also, entschuldigt mich bitte einen Augenblick, ich will nur noch meinen Kimono ablegen.

Elsa und Richard Soldau standen sich etwas unschlüssig gegenüber.
— Wollen Sie sich nicht setzen?, fragte Elsa.
— Danke. – Kennen Sie Graben?
— Nein, sagte Elsa, das heißt Pauline hat den Ort heute einmal erwähnt. Es klang interessant. Als Kind habe ich

mit Pauline Ausflüge gemacht, aber mehr in die Gegend von Dollnstein und Wellheim, ins Trockental. Und einmal ins Ries, das war »überirdisch«.
— »Überirdisch?«
— Das habe ich später in einem Brief an Pauline geschrieben.
— Ich verstehe. – Und Sie, waren Sie schon einmal in Graben?
— Ja, an einem Wandertag. Ich habe meinen Schülern die *Fossa carolina* gezeigt. Wir wurden von einem Gewitter überrascht. Es hat gegossen. Den Weiher haben wir gar nicht umrunden können.

Der VW steuerte auf die schimmernde Silhouette der Viehweide in der Ferne zu. Sie senkte sich und verschwand langsam im Wald des Pappenheimer Tals. Pauline dirigierte den Fahrer über kleine Wege und Umwege, doch außer ihren spärlichen Richtungsangaben fiel kaum ein Wort. Hinter der großen Kreuzung zweier Landstraßen öffnete sich ein schmaler, leicht hügelan führender Weg, der zwischen steinübersäten Äckern bald wieder in eine Mulde einsank, sodass die langen Reihen der Hecken zu beiden Seiten rasch in die Höhe wuchsen. Das hinter ihnen liegende Langenaltheim war wie vom Erdboden verschluckt. Der Weg stieg wieder an, Richard fuhr sehr langsam, die Hecken wichen zurück, und nun tauchte, wie Elsa im Rückspiegel sah, auch das verschwundene Dorf wieder auf. Von der linken Seite, von Westen her, schob sich aus dem Pappenheimer Tal der dunkle Keil des Walds herauf, darüber stiegen mächtige Quellwolken immer höher ins Blau, auf der rechten Seite, nach Osten hin, leuchteten die weißen Kuppen der jetzt schon ferneren Steinschütten, in der Mitte aber breitete sich quer zur Straße, auf einer schmalen grünen Trasse, die Viehweide aus. Pauline bat Richard Soldau anzuhalten. Sie stiegen aus und blickten schweigend über das Panorama der großen Föhren vor ihnen.

— Mein Japan, sagte Pauline nach einer Weile und breitete die Arme aus als wollte sie die ganze Baumreihe umfassen.

Fuchsrot leuchteten die Stämme im frühen Abendlicht. Die mächtigen Äste umschlangen einander wie die Schlangen den Laokoon.

Elsa stand hinter Pauline und Richard und machte ein Photo von den beiden vor der Viehweide. Als er das Klicken des Auslösers hörte, drehte sich Richard zu ihr um. Er lächelte, Pauline schien nichts bemerkt zu haben.

— Fahren wir weiter, sagte Pauline.

Sie überquerten die Viehweide. Hinter Matzhofen führte eine schmale gewundene Straße ins Altmühltal hinab. Nach einer Weile, die sie schweigend dahinfuhren, fragte Soldau Pauline, was sie mit »ihrem Japan« gemeint habe. Pauline fing über den Rückspiegel kurz Elsas Blick auf und sagte, sie könne während der Fahrt schlecht reden.

Sie schwieg. Wie hätte sie ihm erklären können, dass es dieser schmale Streifen von Föhren und Stechginster war, der sie vor fast siebzig Jahren ihre vertraute Welt als eine exotische hatte erleben lassen, nachdem dieser Max ihr seine Reisen in ferne Weltgegenden souffliert hatte. Seine Worte und seine Stimme hatten sie mit einer unerschütterlichen Zuversicht und einem so blinden Vertrauen erfüllt, dass sie an der Unausweichlichkeit ihrer Liebe und der Ahnung eines glücklichen Ausgangs keinen Augenblick zweifelte. Max war es, der auch jetzt wieder durch ihre Gedanken tobte.

Das Bild der stachlig ausgefransten Föhren und der sehnsuchtsvoll aufschießenden Stämme legte sich wie eine transparente Zeichnung über die riesigen Bäume, die sie Jahre später in Japan bestaunen sollte.
— Entschuldigt, bitte.

Kurz hinter Treuchtlingen stauten sich die Autos. Es war kein Durchkommen. Ein schwer atmender Polizist ging die Reihe der wartenden Fahrzeuge entlang und erzählte ausführlich jedem Fahrer, »da vorne, gleich unterm Hexentanzplatz« – und deutete dabei auf einen Abhang zwischen Straße und Acker – sei ein großer Traktor in den Graben gefahren. Er wollte einem Pferdefuhrwerk ausweichen und sei umgekippt und jetzt liege sein Jauche-Anhänger quer über der Straße. Er sei aber nicht ausgelaufen, das würde man sofort riechen. Er selbst sei zufällig, als er mit dem Fahrrad auf dem Nachhauseweg gewesen war, Zeuge des Unfalls geworden. Die Pferde hätten gescheut, und der Bauer habe sie aus dem leeren Futterwagen ausgespannt und beruhigt. Er glaube aber nicht, dass die beiden Gäule den schweren Traktor wieder herausziehen und den Jauchewagen aufrichten könnten.

Da Soldau mit seinem VW der Letzte in der Reihe war, bat der Polizist, ihn zurück nach Treuchtlingen zu fahren, damit er von dort aus telefonisch die Feuerwehr verständigen könne.

Pauline nickte, stieg aus und setzt sich neben Elsa auf den Rücksitz.

— Und was ist mit Ihrem Fahrrad?, wollte Pauline wissen.
— Das holen wir später mit der Feuerwehr.

Ausführlich schilderte der Polizist auf der kurzen Rückfahrt noch einmal den Hergang der »Havarie«, wie er es nannte. Mit jedem Wort schien sich der Unfall zu vergrößern. Es sei kaum zu glauben, was für ein Zufall es gewesen sei, dass er ausgerechnet, »als das passiert ist« dazugekommen war–

— Hat sich der Traktorfahrer verletzt? Haben Sie die Pferde scheu gemacht?, fragte Pauline.

— Aber nein doch!

Glück hat er gehabt, der Heinz. Die Hand hat er sich verstaucht. Er ist der Neffe meiner Großtante Hedwig. Hedwig Schindler, vielleicht kennen Sie die ja? Der Heinz ist zäh.

— Nein, Frau Schindler kenne ich nicht.

— Darf man fragen, wo die Herrschaften hinwollten?

— Nach Graben, sagte Soldau.

— Das habe ich mir fast gedacht, aber da ist jetzt kein Durchkommen.

Sie setzten den Polizisten an einer Telefonzelle neben der Post ab.

— Kleingeld haben Sie aber?, konnte Pauline sich nicht verkneifen.

— Ich fahre einen kleinen Umweg, irgendwo wird es ja noch eine Straße nach Graben geben.

— Richard, wir wollen's nicht übertreiben, murmelte

Pauline, lassen Sie uns bitte zurückfahren. Die *Fossa carolina* bleibt uns ja erhalten.

Elsa hatte auf Soldaus Frage, warum sie ausgerechnet nach Graben habe fahren wollen, nur gesagt, sie habe »immer schon einmal diese Ecke« sehen wollen.

Nach einem fast zweistündigen Ausflug langten sie in der Dämmerung wieder zu Hause an.

Pauline bat Soldau, noch zu einer kleinen Vesper zu bleiben. Ehe sie sich in der Küche zu schaffen machte, servierte sie Elsa und Soldau Sherry und etwas Mürbgebäck.

Elsa fragte Soldau, ob er noch Bratsche spiele. Er errötete, als habe sie einen heiklen Punkt berührt.

— Also für Bratsche solo reichen meine Fähigkeiten leider nicht hin. Meinen Lebensunterhalt könnte ich damit nicht bestreiten. Klavier kann man ja leichter alleine spielen. Spielen Sie denn selbst ein Instrument?

Elsa schien die Frage zu überhören.

— Ganz aufgegeben haben Sie die Bratsche aber nicht?

Soldau spürte, dass diese junge Frau, die bis dahin so schweigsam gewesen war, dass er fast ihren Namen vergessen hätte, ein mehr als nur höfliches Interesse an ihm oder zumindest an seinem Instrument zeigte. Zum ersten Mal nahm er ihren Blick wirklich auf und entdeckte ihr Gesicht, die dunkel glimmenden Augen und einen skeptischen Zug um den Mund. Nachdem sie seine Herkunft sofort herausgehört hatte, ertappte er sich dabei, wie er seinerseits versuchte, ihre Stimme mit etwas zu verbinden, das er für sich bewahren konnte, wie ein Wappenbild.

— Nein, natürlich nicht. Sie ist ja auch eine Trösterin–
— Wie meinen Sie das?
— So sagte es mein Musiklehrer. Vielleicht weil die Bratsche von allen Instrumenten der menschlichen Stimme am nächsten ist.
— Wie sind Sie zur Bratsche gekommen?
— Das ist eine etwas längere Geschichte–
— Die Ihnen Elsa aber sicher entlocken wird, sagte Pauline, die mit einem gedeckten Tablett ins Zimmer trat und die beiden zu Tisch bat.

— Meine Eltern haben im Dritten Reich heimlich BBC gehört. Nicht nur wegen der Nachrichten, sondern auch wegen der Musik, die damals in Deutschland nicht mehr gespielt wurde. Am 22. Januar 1936, an meinem sechsten Geburtstag, wurde die Trauermusik von Paul Hindemith für König George V. übertragen. Hindemith selbst spielte die Bratsche. Ich war überwältigt – vielleicht weil meine Mutter von dieser Musik so ergriffen war, wie ich es bei dieser nüchternen Frau noch nie erlebt hatte. Als das Konzert verklungen war, sagte sie nur – »dieses Instrument!« – und wie aus einem Traum erwachend abrupt zu mir: »Kein Wort in der Schule!« Damals habe ich mir in den Kopf gesetzt, dieses Instrument zu lernen.

Soldau war aufgestanden.
— Jetzt wird es aber höchste Zeit. – Liebe Pauline, vielen Dank für den Nachmittag. – Sind Sie morgen noch im Land, Fräulein Elsa?

— Das wäre schön, antwortete Pauline, ehe Elsa etwas sagen konnte.
— Würden Sie für mich etwas spielen?, fragte Elsa.

An einem Oktobernachmittag nach dem Krieg stand der Neunzehnjährige nach überstandener Flucht aus Ostpreußen im Musikzimmers eines Regensburger Gymnasiums und übte mit seinem Musiklehrer Ernst Weiss das *Adagio* von Zsoltan Kódaly. Die schon tiefstehende Sonne hatte die nahe Donau in eine gleißende Scheibe verwandelt. Die Silhouetten der Spaziergänger am gegenüberliegenden Ufer schienen sich im Rhythmus der Musik zu bewegen. Ernst Weiss hatte noch bei Kódaly in Budapest studiert. Zwei- oder dreimal war es vorgekommen, dass er seinen Schülern ein Solostück von ihm oder von Bártok vorspielte. Unwillkürlich wandte er sich während des Vortrags von der Klasse ab, ging auf das Fenster zu und blickte, ohne sein Spiel zu unterbrechen, auf die vorüberziehende Donau. Wenn er geendet hatte, blieb er ganz versunken stehen, dann wandte er sich abrupt zur Klasse »Wo waren wir?«.

Eine Woche später spielte Soldau, vertrauensvoll von seinem Lehrer begleitet, das *Adagio* von Kódaly in der Aula.

— Lieber beim nächsten Mal, Sie kommen doch sicher bald wieder?
— Das hoffe ich sehr, schaltete sich Pauline ein.

— Das Heftchen mit den Gedichtzeilen, das Max mir damals in die Hand gedrückt hat, habe ich noch heute. Die lila Schrift war verblasst, aber das springende Pferd war noch gut zu erkennen.
— Was bedeuten dir Gedichte?, fragte Elsa.
Pauline suchte nach Worten.
— Gibt es etwas Belebenderes? Selbst das nichtigste Wort entfaltet eine unerhörte Kraft, wenn es ins Gedicht eingewoben wird. Klang sucht Sinn und wenn es glückt, findet er ihn. Eine Goldwäsche der Sprache. Das Gedicht ist der dritte Weg der Sprache.
— Und die anderen beiden Wege?
— Die Religion und die Philosophie–
— Und die Wissenschaft?, wollte Elsa wissen.
— Die ist ein Kind der Philosophie. Gedichte sind Zauberformeln ohne Abracadabra. Und sie wollen immer wieder gelesen, laut gelesen und abgehört werden, wie das Herz. Man soll sie auswendig lernen, das hat Alfred mir empfohlen: »Dann gehören sie uns ganz. Niemand kann sie uns mehr nehmen.«
— Konntest du mit Max über Gedichte sprechen, sie mit ihm lesen?
— Nur sehr selten. Er kannte zwar viele auswendig, vor allem russische, aber er hat sie ungern, wie soll ich sagen,

herausgelassen, als wären sie Leibeigene, die nur auf seinem Hof verkehren dürfen. Er hat viel gelesen und hin und wieder etwas vorgelesen, ernsthafte Dinge, nicht nur diesen schwarzen Maupassant. Eigentlich, meinte Max, müsse jeder seine Dichter alleine finden. Das war etwas herablassend, weil ich ja viel weniger gelesen hatte als er. Später meinte er dann, man müsse lernen, mit einer Wünschelrute umzugehen.
— Hat Max selbst Gedichte geschrieben?
— Nein, hat er nicht. Er hat hin und wieder in einer unergründlichen Laune Gedichte absichtlich »aus dem Zusammenhang gerissen«, und wenn ich mich beschwerte, meinte er nur, das sei »der Beweis ihrer unzerstörbaren Kraft«, ohne das Zitat wieder an seinen Platz zu rücken. »Sie helfen mir für meine Idiosynkrasien.« Er war im Grunde sehr verschlossen, er zitierte Gedichte und erzählte gerne Geschichten. Das tat er aber eher, um von sich abzulenken. Es hat lange gedauert, bis ich dieses Versteckspiel durchschaut habe.

Elsa nahm den Zettel und hielt ihn in die Höhe. *Will there really be a »Morning«? Is there such a thing as »day«?* Von wem ist das?
— Von Emily Dickinson. Sie war eine Meisterin der Auslassung. Das hat Max sehr beeindruckt.
— Warum ihm wohl diese Zeilen in diesem Augenblick eingefallen sind? Ob er in diesem Augenblick an seinem verrückten Vorschlag, dich nach New York zu schicken, insgeheim gezweifelt hat?

— Er hatte es mir ja noch gar nicht gesagt. Möglich, dass er alles noch einmal erwogen hat. Aber Zweifel? Oder Selbstzweifel? Waren ihm eigentlich fremd.

— Ach Elsa, ich habe diese ganze Geschichte noch nie jemandem erzählt, es ist ja eine Ewigkeit her. Auf dem Schiff damals habe ich versucht, etwas aufzuschreiben, aber ich war so aufgeregt, und hin und wieder habe ich auch einen richtigen Bammel gehabt, was mich da drüben erwartet.

Sie gab Elsa einen anderen Brief.

— Du kannst dir Max besser vorstellen, wenn du dir seine Handschrift einmal genauer anschaust. Lesen kannst du die Briefe später.

— Ich komme mir ein bisschen indiskret vor.

— Nach all den Jahren, nein! – Ja, es sind auch Liebesbriefe dabei. Aber jetzt, wo wir darüber sprechen, kannst du sie auch lesen.

Elsa betrachtete die schwungvolle Handschrift auf dem Umschlag. In das weit gebauchte *P* hat Max das *a* wie in eine Umarmung hineingezogen, das *u* mit einem Schmiss gekrönt und *line* in einer geschwinden Welle auslaufen lassen.

— Hat er lateinisch geschrieben?

— Die deutsche Schrift hätten seine ausländischen Korrespondenten gar nicht lesen können. Diese spitze Kurrentschrift ist für die andern fast eine Zumutung. Wie wurde uns das eingetrichtert! In Neu York konnte das niemand lesen, ich habe mich schnell umgestellt.

— Und dieses dicke Kuvert hier?
— Das ist schlimm–
— Ein Abschiedsbrief?
— Schlimmer – dass er ihn überhaupt aufbewahrt hat!
Die Uhr schlug dreimal.

— Willst du dich nicht ausruhen, Pauline?
— Später. Es kommt so vieles zurück. Ich weiß gar nicht, wo anfangen. Als würde ich in ein großes Zimmer treten, aber von einer ganz anderen Seite. Durch eine Tür, die ich immer übersehen habe oder die vorher nie da war. Wie da der Kerl vor der Bude auf mich deutet, und wie Max mich herauslotst. Und dann höre ich auch Max' Stimme wieder, und diese Wörter, seine eigenartigen Ausdrücke: »Erquickend«, »invigorating!«, hat er gerne gesagt, »du bist erquickend«. Ich glaube, seine Mutter hat so pathetische Wörter verwendet. Es hat in ihrer Entourage nicht viele gegeben, die mit ihm deutsch gesprochen haben. Er ist ja von klein auf mit seinem Onkel Maxim viel herumgereist, durch Karelien, bis nach Sibirien und hinüber nach Alaska. Den Blaufuchs hat er mir in Bremerhaven kurz vor meiner Abreise nach Neu York in einem kleinen Päckchen verschnürt zum Abschied geschenkt.

— Diese Reise, oder wie du sagst, deine Flucht nach New York, war das allein seine Idee?

— Aber ja! – Heute würde ich sagen, es war ein Geschenk, sein Geschenk! Als wir uns zum dritten Mal heimlich trafen, da sagte er gleich zu Anfang, und ich dachte, ich falle in Ohnmacht »Wir werden uns jetzt längere Zeit nicht mehr sehen. Ich habe alles vorbereitet.« – »Nicht mehr sehen?! Was denn vorbereitet?«

Er hatte einen Plan. Ich wusste nicht, wie mir geschieht.

Elsa wollte Pauline nicht erneut bedrängen, ›der Reihe nach‹ zu erzählen.

— Einen Plan?

— Ja, er sagte – ich weiß noch jedes Wort auswendig, ganz langsam hat er gesprochen, sehr ernst und leise, wir lagen unter einer riesigen Linde, er hielt mich im Arm –, »Ich will«, sagte er, »mit dir keine Affaire haben«, und noch ehe ich losheulen konnte, fuhr er fort, »Ich möchte etwas ganz anderes. Hier auf dem Land können wir uns nur heimlich, an Sonntagen und nur bei schönem Wetter treffen. In Nürnberg oder einer anderen Stadt, ausgenommen vielleicht Wien, hätten wir andere

Schwierigkeiten. Also – ich werde dir zweitausend Goldmark geben, damit fährst du nach New York – für eine Unterkunft sorge ich – und kehrst nach zwei Jahren zurück, dann heiraten wir. Wir ziehen nach Schweden. Wir werden reisen, ins Innere Asiens. An den Baikal, an den Amur. Denk' darüber nach, bitte.«

Mir hat es die Sprache verschlagen.
    Ich habe eine Weile nur in den Himmel gestarrt. Er hat sich über mich gebeugt und meine Tränen weggeküsst.

Ich war verwirrt, nein, ich war wie betäubt und schrecklich durcheinander. Wie denn darüber nachdenken?! Es war alles so unvorstellbar. Wollte er mich loswerden? Aber dann hätte er ja einfach von der Bildfläche verschwinden können. Wollte er mich mit seinem Geld nur noch stärker an sich binden? Zwei Jahre – ohne ihn allein in Neu York? In der absurden Hoffnung, dass er, aber auch, dass ich –
— Und du hast es einfach akzeptiert?
— Ich habe gespürt, dass er es ernst meinte. »Die Romantik heben wir uns für später auf«, sagte er. »Du kannst versuchen, in einer Gärtnerei unterzukommen. Du musst ja nicht arbeiten.« – »Das klingt ja so, als hättest du schon etwas in die Wege geleitet.« – Er ist einfach darüber weggegangen – »Natürlich nur für den Fall, dass du dich langweilst.« So hat er geredet.
— Aber das ist tyrannisch!

— Das hätte er nicht bestritten.
— Es klingt wie ein Erziehungsprogramm!
— Das war es auch. Natürlich in bester Absicht, wie das eben mit der Erziehung so geht. Und nicht ohne egoistischen Hintersinn.

Pauline holte aus einem Regal ein etwas unförmiges Buch. Sie bat Elsa, die Schmetterlingsbriefchen beiseitezuräumen. Dann legte sie den Band fast ein wenig feierlich auf den großen Tisch in der Mitte des Zimmers.
— Mein erstes Herbar. Ich habe es im Botanischen Garten der Bronx angelegt.

Elsa trat neben sie und schlug vorsichtig eine Seite nach der anderen auf.
— Max suchte einen Reisegefährten.
— Aber er war doch Sammler, Connaisseur, Kinematograph, Abenteurer, erklärte Elsa. War er nicht immer nur mit Seinesgleichen unterwegs?
— Seinesgleichen? Was soll denn das heißen? Habe ich so schlecht von ihm geredet, dass du glauben musst, er hätte mich nur als eine kleine Preziose, als einen bononischen Stein in seiner Sammlung geführt? Ein Anhängsel?

Pauline verstummte. Sie war verstimmt.

Elsa spürte, dass sie zu weit gegangen war. Sie hatte ihren Groll gegen diesen Max nicht mehr unterdrücken können. Je mehr sie über ihn erfuhr, desto mehr plusterte dieser Mann sich in ihrer Vorstellung zu einem Maximus auf. Hatte sie tatsächlich gehofft, dass Pauline ihre Vorbehalte unverblümt aussprechen würde? Was wäre gewonnen? Sie hatte manchmal den Eindruck, Max würde wie von den Toten erwachen und wie ein Souffleur hinter Paulines Worten kauern.

— Einen Reisegefährten? Hat er das so gesagt?
— Seiner Mutter hat er es geschrieben. Das hat sie ihm übelgenommen. Einmal habe ich ihm – das war eher die Ausnahme, normalerweise war es umgekehrt – eine Erzählung vorgelesen, die uns beide sehr beeindruckt hat. Sie handelte von einer jungen Irin, die sich aus den Fängen eines siegesgewohnten englischen Gentleman befreit, der sie vollständig in seiner Gewalt wähnt. Die Geschichte war ein Appell, unter allen Umständen die eigene Unabhängigkeit zu bewahren, um sie zu kämpfen. Wie diese junge Frau sich dann für immer befreit und aus seinem Leben verschwindet, ist überwältigend.

— Wie hieß die Geschichte?
— *The Other Kingdom* – ich lese sie gerade wieder.

Er wollte mich auf keinen Fall ans Haus binden, sondern gemeinsam mit mir seine Welt noch einmal durchstreifen. Er spürte, dass ich eine ähnlich heftige Neugier für Reisen in unbekannte Gegenden hatte wie er. Er wusste das, bevor ich es selbst wusste. Ja, es klang manchmal lieblos und arrogant, wie er bisweilen redete, aber es hatte auch etwas Behütendes … Aber gerade weil diese Worte manchmal so nüchtern daherkamen, habe ich eine unglaubliche Drift verspürt. Es war wie ein Geruch, ein Wind aus einer anderen Welt. Es war ein immerwährendes Fernweh, das mich mit ihm verband.

— Hattest du denn keine Angst?

— Die Sehnsucht war größer. Der einzige Ausweg aus diesem Dilemma wäre gewesen, ihn zu verlieren. Aber diese Hörner hätte ich nicht gepackt.

— Hast du mit Marie darüber gesprochen?

— Ja – nur mit ihr. Ich wollte mich wappnen, ich brauchte einen Rat. Und stell dir vor, sie hat gesagt: »Das machst du! In die Neue Welt! Was hast du denn zu verlieren?« – »Dich und den Onkel!« – »Ach was! Wir kommen darüber weg. Und wenn du es nicht mehr aushältst, dann komme ich nach!«, aber ich habe ihr angesehen, wie traurig sie war. Sie hat ihre Liebe runtergeschluckt, so wie man Tränen runterwürgt.

— Und der Onkel?

— Marie hat es ihm erzählt, als ich weg war. Ich weiß nicht, was sie ihm gesagt hat und wie – sie hatte so eine

Art. Er hat mir nicht gegrollt. Du hast ja seinen Brief gelesen.

— Und schließlich, Pauline seufzte – durch Max habe ich photographieren und botanisieren gelernt. Ich meine: wirklich gelernt. Es war kein Steckenpferd mehr wie das kleine Herbarium aus der Bronx. »Botanisieren und photographieren sind miteinander verschwistert, es sind Naturselbstdrucke – jedes auf seine Art«, hat Max gesagt.

Pauline stand auf und ging zu einem kleinen Planschrank.

— Den größten Teil seiner Sammlung hat Max dem Ethnographischen Museum in Stockholm vermacht. Ich habe nur einige persönliche Dinge behalten.

Sie zog die oberste Lade heraus und hielt zwei Photos in die Höhe.

Hier, das ist Max, sagte sie und gab Elsa die Bilder.

Auf dem Brustbild blickte Max in die Kamera, seine Augen hielten ruhig, fast ein wenig abwartend der Kamera stand. Das starke, nach hinten gebändigte Haar türmte sich über der hohen Stirn zu einem Wirbel und wurde links durch einen Scheitel gezähmt. Seitlich ging das Haar wie gemalt ohne Unterbrechung in einen lockeren Bart über, sodass das Gesicht wie eine perfekt über dem Schädel angepasste Maske wirkte. Auch wenn man wegen der Barthaare den Schnitt seiner leicht geöffneten, lächelnden Lippen mehr ahnen als deutlich erkennen konnte, war sein Blick frei und unverkrampft. Er trug eine schwere, weit geöffnete Pelzpelerine, darunter ragte ein helles, gleichfalls geöffnetes Jackett und ein locker gebundenes, quergestreiftes Plastron hervor. *1901* war mit winziger Schrift auf einen Knopf geschrieben.

— Dieses Photo hat er mir nach Neu York geschickt, es ist in Britisch Columbien aufgenommen, in Vancouver, auf seiner Reise zu den Bella Coola, vielleicht wollte er mich ein wenig erschrecken, weil ich ihn ja ohne Bart in Erinnerung hatte.

— Er sieht sehr jung aus und sehr elegant, sagte Elsa.

— Die fast fünfzig Jahre sieht man ihm nicht an.

— Fünfzig?! Dann ist er ja –

— Achtzehnhundertzweiundfünfzig geboren – hatte ich das nicht gesagt?

— Doch, vielleicht. Wahrscheinlich habe ich es vergessen.

Elsa war aufgestanden.

— Ich bringe das Geschirr in die Küche. – Möchtest du noch etwas trinken, Pauline?

— Ja, einen Malvasier. Er steht in der Speisekammer. Die Gläser sind in der Anrichte.

Elsa räumte den Tisch ab und fegte die Krümel mit einem Kehrset von der Tischdecke.


— Manchmal denke ich, sagte Pauline – und brach mitten im Satz ab.

— Was?, fragte Elsa und machte mit dem Tablett in der Hand an der Tür kehrt – was denkst du manchmal?

— Nichts, es purzelt so viel durcheinander. Ich bin ein bisschen erschöpft.

— Pauline? – Vorsichtig beugte sich Elsa über Pauline. Sie war tief ins Kissen gesunken und atmete sehr ruhig. Ihr Kopf war leicht zur Seite geneigt, an den schweren Lidern und den schlaffen Lippen zeichnete sich die Ermattung ab, wie ein unterirdisches Rinnsal pulsierte die blaue Ader unter ihrer linken Schläfe. Kleine Schweißperlen benetzten eine weiße Locke. Zum Takt ihres Atems blitzte der feingeschliffene Turmalin an ihrem Ohrläppchen. Trotz des schwülen Wetters hatte sie ihren Kimono mit einer Bernsteinbrosche geschlossen. Im Flur klingelte das Telefon. Elsa stellte den Malvasier auf den Tisch. Nach dem vierten Klingelton ging sie in den Flur und nahm den Hörer ab.

— Bei Lassenius, sagte sie leise. – Ich werde es ihr ausrichten.

Sie legte auf.

Von dem verwirrenden Doppelbild Lord Nelsons über der Chaiselongue wanderte Elsas Blick zu einer sehr kleinen, auffällig gerahmten Photographie. Das helle Passepartout war von einer goldenen Bordüre gesäumt und in ein weiteres schwarzes Passepartout gefasst. Ein Fenster in einem Fenster, dachte Elsa. Auf den ersten Blick waren nur blaurot oszillierende Schwaden zu erkennen, als wäre das Bild selbst von einer Gangräne befallen. Erst als sie schräg auf die metallisch glänzende Oberfläche blickte, erkannte Elsa hinter den wie erstarrt züngelnden Flammen das blasse, aber sehr scharf gezeichnete Bild einer Frau mittleren Alters, das aber sofort wieder verschwand, wenn sie den Blickwinkel nur leicht veränderte. Eine Daguerreotypie. Die Dame blickte angespannt am Betrachter vorbei. Der Gesichtsausdruck mochte von der Anstrengung herrühren, während dieser lange währenden Aufnahmen auf so unnatürliche Weise stille zu sitzen, wie Kinder das zum Zeitvertreib machen, wenn sie die Luft anhalten. Ihr kräftiges dunkles Haar war streng gescheitelt, es fiel steil an den Schläfen herab und bedeckte die Ohren, wodurch das Oval ihres aufmerksam ausharrenden Gesichts maskenhafte Züge annahm. Über ihrem Hinterkopf ragte so etwas wie ein durchbrochener Steckkamm auf, doch könnte es sich auch um eine erhöhte Nackenstütze handeln. Sie trug ein helles, mit länglichen Rechtecken gemustertes Kleid, dessen Kragen von einer großen Schleife eingefasst wurde. Vom Raum selbst war nichts weiter auszumachen. Elsa drehte das Bild um. *12. März 1841*

— Ich muss eingenickt sein!

Elsa hatte etwas Licht gemacht und die Vorhänge zugezogen.

— Wir waren wieder am Uralfluss. Dort hatte er mir nach stundenlanger Pirsch einen Rotfußfalken und am Abend einen Sibirischen Uhu gezeigt. Zwei atemberaubend schöne Tiere. Er wollte sie natürlich schießen, ich habe ihn gebeten, es nicht zu tun, und widerstrebend hat er es gelassen, und wir haben sie durch seinen Zeiss betrachtet.

— Damals aber hat er sie erlegt?

Paulines Augen wurden feucht.

— Ja.

— Waren diese Reisen nicht sehr anstrengend?

— Anstrengend?! Es war das größte Abenteuer. Es war wie die Erfüllung einer Prophezeiung. Was er mir auf dem Weg nach Graben ins Ohr geflüstert hatte und womit er mich behext hatte, das waren keine Luftschlösser! Marie hat das noch vor mir begriffen.

— Aber es waren doch seine Routen, seine Wege und Ziele, denen du gefolgt bist. Wie hast du das ausgehalten?

Pauline verstummte, sie dachte nach.

— Ich sehe das zwar etwas anders, aber »ausgehalten« trifft es. »Ich bin eine ausgehaltene Frau«, das habe ich einmal im Scherz zu einem Bekannten gesagt, einem Schriftsteller, der zu uns nach Uppsala gekommen ist. Max hatte ihn im *Dramatens*, nach einer Vorstellung seines Stücks, kennengelernt, und wie es manchmal seine Art war, wenn er nicht gerade von misanthropischen Anfällen heimgesucht wurde, gleich umgarnt und zu uns eingeladen. Er konnte die steifsten Leute »weichklopfen«, wie er sagte, Konventionen lösten sich in nichts auf. Wie ein Taschendieb hat er diese Menschen von ihrem Gehabe erleichtert. Der Mann war etwa so alt wie Max, er sprach auch deutsch, leider habe ich seinen Namen vergessen! Ein sehr liebenswürdiger, bedächtiger Mann, er hatte auch Romane geschrieben, »Ein ernstes Spiel«, glaube ich, hieß einer. Max hatte ihn gelesen. Ich habe schwedisch geradebrecht und meinen Satz wiederholt, ich sei eine »ausgehaltene Frau«. Der Gast war erschrocken, Max wollte mit einem Wortspiel darüber hinweggehen: eine »*haushaltende* Frau«, hätte ich sagen wollen, doch das Wort war in der Welt.

Ich wollte nicht allein sein, unter keinen Umständen. Ich wollte keine flüchtigen Bekanntschaften haben und auch keine Kinder. Ich wollte mit ihm reisen, sein Reisegefährte sein und meine Erinnerungen mit ihm teilen.
— Und was hast du gewonnen?
— Die zahllosen Entdeckungen und Begegnungen, die ich habe machen können! Ich hatte keinen wirklichen

Beruf, fürs Gärtnern hätte es vielleicht gereicht. Aber ich hatte eine unbezähmbare Neugier, und Max hat es verstanden, meinen Hunger zu stillen und immer wieder neu zu wecken.
— Und du hast nichts vermisst?
— Der *Botanic Garden* war mein Glück. Dort war ich noch in der Stadt und schon wieder aus der Stadt heraus – ich weiß nicht, wie ich es dir erklären soll. Wenn ich heute zurückdenke, war es ein – habe ich dir eigentlich erzählt, was mir einmal passiert ist? Ich hatte Herrn von Tassell auf dem Schiff nach Orten gefragt, wohin eine junge Frau eventuell auch allein gehen könnte. Von Tassell tat ganz bestürzt, als er bemerkte, dass ich buchstäblich niemanden kannte, außer dem Hotel, das Max für mich besorgt und im Voraus bezahlt hatte. »Coney Island«, sagte von Tassell und plapperte eigentlich nur das nach, was alle sagten und auch Max mir schon geraten hatte: »In Coney Island, da ist man nie allein!«

— An einem warmen Sonntag bin ich geradenwegs auf das bayrische Bierzelt auf Coney Island zugegangen, es war das einzige Gebäude, das mir vertraut vorkam. Es sah fast aus wie zu Hause. Als ich das große Zelt betrat, wurde mir bang. Es war sicher wegen dieser weichen Blasmusik, die hat mich fortgeschwemmt. Aber dieser kleine Taumel war schnell verflogen, es roch ganz anders als zu Hause. Die Leute haben wild durcheinander geschrien, deutsch und englisch und was weiß ich, man hat sein eigenes Wort nicht verstanden, mich wollten sie gleich auf ihre Bank zerren, aber das Geschunkel habe ich nie gemocht, diese blöde Unterhakerei, aus der es kein Entrinnen gibt. Ich kam mir vor, als wäre ich in ein falsches Stück geraten und wollte schon wieder hinaus, aber draußen brach plötzlich ein Sommergewitter los. Die Leute schrien noch mehr, als wollten sie das Unwetter übertönen. Ich habe mich in eine ruhigere Ecke verdrückt. Die Bläser waren auch erschrocken, haben ihre Polka abgebrochen und dann einen langsamen Walzer angestimmt. Und wie ich da sitze, geht ein Kellner an mir vorbei, ein älterer Mann schon, um die fünfzig, und nach ein paar Schritten schaut er noch einmal zurück, stutzt und macht kehrt, sieht mich an und sagt kein Wort. Ich sehe ihn an, werde rot und gucke von ihm weg, es war mir unangenehm, wie er mich so anstarrt, nicht unfreundlich, aber ein wenig zu lang. Ich hatte schon Angst, er würde irgendetwas von mir wollen, was ich nicht wollte. Er stellt seine Krüge auf den Tisch, beugt sich zu mir herunter und setzt sich auf die Bank mir gegenüber. Dann sagt er, als würde er es selbst nicht recht glauben, ganz langsam auf deutsch: »Mein Fräulein, du bist eine Nadler.« Es war keine Frage und kein Ausruf. Es war ein Satz mit einem Namen. Ich schüttelte den Kopf, das weiß ich genau, ich schüttelte den Kopf und sagte leise nur »Woher?« – Mehr brachte ich nicht heraus.

— Entschuldige, Pauline – aber das erfindest du?
— Warum sollte ich das tun?

Elsa schwieg. Pauline ging nervös im Zimmer auf

und ab. Sie versuchte, ihren Unmut über Elsas Bemerkung zu verbergen.

— Woher in aller Welt konnte dieser Mann wissen, dass du »eine Nadler« bist? War er im Hotel angestellt?

— Ja, woher! Das werde ich dir sagen, wenn du mich ausreden lässt.

Pauline setzte sich wieder.

— Er hat es nicht gewusst. Er hatte mich auch nie vorher gesehen. Er hat es mir angesehen. Er hat mir angesehen, dass ich aus einer Familie komme, die mit der seinen eng verwandt war, auch wenn das zwei Generationen zurücklag. Er hieß Staufer, Ludwig Staufer. Dieser Name ist bei uns häufiger vorgekommen. Er hat mir, wie soll ich es dir sagen, unsere gemeinsame Herkunft aus meinem Gesicht abgelesen.

— Aber er hätte sich doch auch täuschen können?

— Dann hätte er etwas anderes gesagt, er hätte gezögert, mir vielleicht eine Frage gestellt: »Sagen Sie, kenne ich Sie irgendwoher?« Etwas in der Art, aber nein, nichts dergleichen, er hat mich geduzt, wie man eine Verwandte duzt, er hat mich angeredet und in seinem amerikanisch gefärbten Deutsch schimmerte etwas durch, das mir sehr vertraut war. Das hat mich vielleicht am meisten berührt. Er war seiner Sache ganz sicher. Ich muss für ihn wie eine Erscheinung gewesen sein. Er war genauso verblüfft wie ich.

— Und wen hatte er in dir erkannt?

— Meine Großmutter Friederike väterlicherseits, die ich selbst gar nicht mehr gekannt habe, er aber hatte sie noch als ältere Frau in Erinnerung behalten. Mit dieser Frau war sein Vater über drei Ecken verwandt. Er besaß eine Daguerreotypie von ihr. Als er aber, kaum hatte ich mich von meinem Schrecken erholt, sagte, »Das Blut spricht, meine Liebe«, wich ich innerlich zurück und wurde hellwach. »So sagt man«, sagte ich, »aber ich versteh's nicht.« Er schaute mich erst verdutzt, dann missmutig an, als hätte ich mich über eine unumstößliche Wahrheit lustig gemacht. In diesem Augenblick wusste ich, dass ich ihm nichts über mich erzählen wollte. Es ist ja nicht leicht, aus dem Stand ein anderes Leben herbeizuschwindeln, fast hätte ich gesagt, eine ›Lebenslüge‹ zu erfinden, weil man sich vieles merken und notfalls wiederholen muss, was man überhaupt nicht erlebt hat. Aber mir war diese plötzliche Verwandtschaftsnähe unbehaglich. Ich war schließlich nicht nach Neu York aufgebrochen, um wieder in meinem Dorf anzulangen. Er wollte auch gleich wissen, wo und bei wem ich denn »untergeschlüpft« wäre, was ich arbeiten würde, ob ich verlobt wäre und so weiter und so weiter. Ich habe ihm ein Hotel genannt, in dem ich nur ganz zu Anfang gewohnt hatte, im übrigen sei ich kurz vor der Weiterreise nach Chicago, zu einem entfernten Onkel aus Nürnberg. Der hätte mich eingeladen, und dort – »in Chicago« wiederholte ich, um die große Entfernung zu betonen – würde ich dann in seiner Baumschule arbeiten. Er wollte gleich seinen Namen wissen und wie der mit mir verwandt sei, ich sagte »Oswald Tassell« und erfand aus der Lameng einen Schwippschwager meiner Mutter – in meiner Vaterlinie nämlich schien er sich auszukennen, da musste ich vorsichtig sein. Schließlich erzählte er von sich und seiner Frau Sieglinde, einer Mennonitin aus der Wetterau und seinen zwei Buben, Ludwig und Ferdinand, »der Ludwig ist ein Taugenichts, aber der Ferdinand, der wird dir bestimmt gefallen. Der arbeitet in einer Lithographieanstalt.« Er lud mich ein, am nächsten Sonntag zu ihm zu kommen, da würde er mir auch das Bild zeigen, da hätte er frei, und der Ferdinand würde bestimmt auch da sein.

— Aber hast du ihn nicht besucht?
— Doch, ich habe ihn besucht, aber ich habe eine Droschke warten lassen, zum Zeichen, dass es mir pressiert. Das hat die Staufers sehr beeindruckt. Ich fühlte mich wie eine kleine Hochstaplerin.
— Und das Verwandtschaftstheater, das dir so unbehaglich war?
— Mein Besuch war unhöflich knapp. Nach weniger als einer Stunde war ich wieder weg. Sie hatten sich fein gemacht. Als wir uns an den Tisch setzten, wurde gebetet. Ich habe noch nie bei Kaffee und Kuchen gebetet. Seine Frau hatte einen bodenlosen Käsekuchen gebacken, und Ferdinand, der anders als sein Vater, wenig sprach und auf mich kindlich und versonnen wirkte, zeigte mir sein Steckenpferd: er machte in seiner freien Zeit »Buddelschiffe«, winzige Segelschiffe, die er mit Engelsgeduld Stück für Stück in Flaschen bugsierte und dort mit Hilfe eines Fadens aufrichtete. Er starrte mich lange verwundert an, als ich ihn wegen seiner Ge-

duld lobte. »Nun sag mal was, Ferdinand«, lachte sein Vater. Da verstummte der ganz. Die Mutter hat mir gefallen, sie war überhaupt nicht neugierig, sie erzählte, dass sie ohne den Rückhalt ihrer Gemeinde hier verloren wäre. Sie war die ganze Zeit auf den Beinen. Staufer wurde nicht müde, den beiden unsere weitläufige Verwandtschaft haarklein auseinanderzusetzen. Mir war das unangenehm, weil es aufdringlich und besitzergreifend war, und ich ärgerte mich, dass ich meiner Neugier nachgegeben hatte. Ich wiederholte die Geschichte meiner Durchreise, schmückte sie noch ein wenig aus und entfernte mich mit jedem Wort aus dieser Kaffeerunde und aus meinem tatsächlichen Leben. Zum Glück ist ein weiterer Verwandter aus dem Nachbardorf, aus Rehlingen, der angeblich die Verwandtschaft von Staufers Vater zu meiner Großmutter noch sehr viel genauer kannte und den er eingeladen hatte, nicht erschienen! Als er mir nach einigem Hin und Her die Photographie zeigte, war ich sprachlos. Die Ähnlichkeit mit meiner Großmutter Friederike und mit mir war gespenstisch. Mir war, als würde ich auf mich selbst in einem fremden Kostüm blicken.

— Ist das die Photographie, die unter dem Bild von Lord Nelson hängt?

— Ja, Staufer hat sie mir geschenkt.

— Ist dir denn das häufiger passiert, dass du anderen den wahren Grund deines Lebens in New York nicht erzählen wolltest? Hattest du dir eine eigene Version zurechtgelegt?

Pauline antwortete nicht gleich. Sie nickte leise vor sich hin, dann blickte sie Elsa lange an.

— Du willst wissen, ob meine Zweifel nicht irgendwann übermächtig wurden – oder meine Verzweiflung? Das meinst du doch?

— Nun, ich versuche mir nur vorzustellen, was du damals empfunden hast? Die ersten Begegnungen mit Max waren doch sehr kurz, abgesehen von der Zugreise von Nürnberg nach Bremerhaven? Du warst so jung, wie konntest du da sicher sein?

— Ich war mir überhaupt nicht sicher. Aber ich hatte jenseits aller Zweifel ein geradezu blindes Vertrauen, dass mein Ausflug – so habe ich es manchmal genannt – gut ausgehen würde. Ich kann dir das schwer erklären.

— Wenn ich mir das vorstelle–

— Wenn ich heute zurückblicke, weiß ich nur, dass der Elan, die Lebenskraft, die Max in mir geweckt hat, einfach riesengroß war, so groß wie der Wind, der den Albatros über die Meere treibt.

— Dann warst du so etwas wie – Elsa zögert – sein Bumerang?

Pauline lachte laut auf.

— Es ist nicht sehr schmeichelhaft, mich mit einem Wurfgeschoss zu vergleichen, nun gut, warum nicht! Ich bin in seine Arme zurückgekehrt, aber ich war eine andere Frau geworden als die, die er kannte.

— Hat er dir das gesagt?

— Ja, das hat er. Und zum ersten Mal habe ich eine

flackernde Unruhe bei ihm gespürt. Er versuchte, sie zu überspielen, aber es wollte ihm nicht gelingen.
— Und hatte er sich in deinen Augen verändert?
— Von dieser leichten Irritation abgesehen eigentlich nicht. Er war, als er mich wieder in seine Arme schloss – übrigens wieder in Bremerhaven! –, genauso stürmisch wie in unserer letzten Nacht vor der Abreise.

— Warum bist du nach dem Krieg wieder in dein Heimatdorf zurückgekommen?
— Elsa, was wird das? Ein Interview?
— Pauline, wo denkst du hin? Es bleibt alles unter uns. Möchtest du dich zurückziehen?
— Nein, ich kann ohnehin nicht schlafen. Es ist Vollmond. Warum ich zurückgekommen bin? Ich hatte das Haus des Onkels geerbt – er ist im selben Jahr wie Max gestorben, 1938. In Schweden fühlte ich mich nach Max' Tod sehr allein.
— Sagst du mir, wie er gestorben ist?

Pauline blickte von Elsa weg, als suchte sie in der Ferne einen Halt.

— Anfang des Jahres wurde er sehr schwach, er hörte auf, Zeitung zu lesen, und selbst die Musik war ihm verleidet. Mit geradezu eiserner Disziplin redigierte er aber weiterhin meine Abschriften unserer Journale. Wenige Wochen vor seinem Tod schienen seine Lebensgeister plötzlich wieder zu erwachen, aber nur, um detailliert zu besprechen, wie »das alles« zu organisieren sei. »Was meinst du denn mit ›das alles‹?«, wollte ich wissen. »Mein Ableben«, sagte er nur. Es war wie früher, als wir unsere großen Reisen vorbereiteten. Dieser abrupte Umschlag von der quälenden Lethargie seiner letzten Lebensmonate in eine hektische Aktivität machte mir Angst, weil ich immer fürchtete, es würde erneut ins andere Extrem ausschlagen. Dann aber erschreckte er mich wenige Tage vor seinem Tod mit dem Satz, er habe jetzt – »Endlich! endlich!« – den einzig ihm gemäßen Grabspruch gefunden: »Ihn foltert Schwermuth, weil er lebt.«

Ich war entsetzt und sagte, eine solche Hinterlassenschaft könne er mir nicht zumuten. Das sei ja geradezu selbstverliebt – über den Tod hinaus! Und eine Pein für jeden, der diesen Spruch auf seinem Grabstein lesen müsse. Außerdem könnte man mich verdächtigen, ich hätte diesen Vers – er stammte aus dem Gedicht »Geburtslied« von Ewald von Kleist – ausgewählt. »Woher will ein Besucher wissen, dass du ganz allein diesen Grabspruch gewählt hast?«, fragte ich ihn.

Er ließ meinen Einwand nicht gelten, und nachdem er für lange Augenblicke mürrisch geschwiegen hatte, brach es aus ihm heraus, ob mir eigentlich nie aufgegangen sei, dass sein ganzes Leben eine einzige Heimatlosigkeit gewesen sei, der Versuch einer »Entbindung« von Ivy. Er mache sich Vorwürfe, dass er mich in dieses Abenteuer hineingezogen habe, schließlich hätte ich ja gar keine Wahl gehabt. Es müsse für mich doch alles immer schlimmer geworden sein, seitdem wir »in der Verbannung« lebten – damit meinte er die Jahre nach dem Ersten Weltkrieg.

Die Heftigkeit seiner Selbstvorwürfe und seiner Verzweiflung enthüllten mir, weshalb er den Vers von Kleist gewählt hatte. Es hat lange gedauert, bis ich ihn besänftigen konnte, aber nicht durch betuliches Zureden, was er verabscheute, sondern indem ich ihm das, was er das Unglück der Heimatlosigkeit und seine »Entbindung« genannt hatte, das unwahrscheinliche Glück unseres langen gemeinsamen Lebens gegenüber stellte – unwahrscheinlich von Anfang an. Und als ich das sagte und er verwundert schwieg, erinnerte ich ihn an den Satz von Franz Baermann Steiner, den er mir vor vielen Jahren nach Neu York geschrieben und der mich seither mit großer Hoffnung erfüllt hatte, ein Satz wie ein Leitstrahl durch die dunkelste Zeit: »Die Zukunft ist nicht das andere Gestade, sondern der Wind in den Segeln.« Max schüttelte ungläubig den Kopf und murmelte: »Diesen Satz hast du nicht vergessen?« – »Nein, nie, erst vor wenigen Tagen habe ich eine merkwürdige, ja für mich unheimliche Entsprechung gefunden, wenn es denn so etwas gibt«, antwortete ich. »Nun spann' mich nicht auf die Folter!«, rief Max. Ich ging an meinen Schreibtisch und blätterte in dem Heft, in das ich seit Jahren Sätze notierte, die ich behalten wollte. »Schweigend und reglos ist die Vergangenheit, wie ein von den Winden aufgegebenes Meer. Für immer den Strömungen jeglicher Art und auch den schrecklichen Durchzügen des Fatums verschlossen, ist es von strenger Stille umgeben, die seine unabänderliche Ruhe sichert.« Das hat Alberto Savinio geschrieben. Max bat mich, den Satz noch einmal vorzulesen, dann sagte er, geradezu nach jedem Wort tastend, er hätte nie im Leben gedacht, dass dieser Satz einmal einen so unerhörten Sinn annehmen würde. »Ich hoffe«, flüsterte er, »du kannst mir nach unserer stürmischen Ausfahrt in die unbereiste Welt die Flaute verzeihen, die ich dir danach bereitet habe.« – »Aber Max, das Logbuch war doch übervoll!«, versuchte ich, ihn zu beschwichtigen. »Du hast eine große Last von mir genommen, Pauline, our fearful trip is done«, sagte er und griff nach meiner Hand. »Von nun an werde ich alleine und gegen den Wind segeln«, sagte ich. In diesem Augenblick trat eine andere Macht auf den Plan, und er hörte mich nicht mehr. Kurz darauf fiel er in ein Delirium. Mit wechselnden Stimmen und Tonlagen flüsterte, lachte, zeterte und fluchte er englisch, russisch und deutsch durcheinander. Er schlug mit den Wörtern nur so um sich. Zwei Tage und Nächte focht er einen schweren Kampf aus. Ich habe ihn nicht wiedererkannt und nicht mehr erreicht.

Pauline hielt einen Augenblick inne.

— Und noch etwas. Mein Leben war damals sehr eingeschränkt. Daran war gewiss auch der Krieg schuld. Max hatte seine Maskensammlungen verkauft – auch um mich finanziell abzusichern.

Siehst du, wenn ich heute zurückblicke, war ich damals, als ich mit Max' Geld nach Neu York ging, zu jung für die Ehe, jetzt als Witwe, Pauline sprach den Satz nicht zu Ende.

Komisch, nicht wahr?

— Wolltest du denn wieder heiraten?

— Ein Jahr später brach der Krieg los. Als ich nach fünfzig Jahren wieder nach Deutschland, in mein Dorf zurückkam, war ich eine Fremde, und die Hiesigen waren mir fremd geworden. Ohne das Haus, das der Onkel mir vermacht hatte, wäre ich nicht hierher zurückgekommen.

Lang umarmte sie Elsa.

— Gute Nacht, Elsa.

Sie hatte sich schon von ihr gelöst, als sie kurz innehielt.

— Ach ja, Morgen früh, wenn du aufbrichst, werde ich schon fort sein – nur damit du dich nicht wunderst. Ich habe Manda gebeten, dir ein Frühstück zu machen. Ich gehe schon vor Sonnenaufgang aus dem Haus. Es ist ein kurzer Weg durch ein kühles Wäldchen. Am andern Ende steht, etwas abgerückt vom Waldsaum, eine große Elsbeere. Mein Onkel hatte mir sie zum ersten Mal gezeigt: »Sie ist schon erwachsen, sie trägt jetzt Früchte«, hatte er damals gesagt. Ich glaube, es war das erste Mal, dass ich von einem ›erwachsenen‹ Baum gehört habe. Dort setze ich mich auf eine Bank und warte bis mit den Morgenvögeln die Farben erwachen. Ende Mai solltest du die Vögel hören, die Wiesenschmätzer, Drosseln und Finken und die Bienen und Hummeln erleben, wenn sie um die blühende Elsbeere tanzen.

Über Paulines Gesicht huschte eine kleine Röte.

— Mit Marie habe ich damals, im Herbst, die Früchte gesammelt, kleine Nüsse, wie aus Kupfer. Im Dorf haben sie einen Brand daraus gemacht, er soll nach Schlehen schmecken. Aber so früh am Tag waren wir nie auf

den Beinen. – Und ich nur ein einziges Mal, das weißt du ja.
— Und jetzt zieht es dich wieder dort hin?
— Ich genieße jeden Augenblick. Er ist kostbar, weil er vergänglich ist. Das ist für mich die irdische Unsterblichkeit.
— Betrübt dich das nicht auch?
— Nein, im Gegenteil, ich erlebe diese Stunde als das größte Glück, eben weil es vergänglich ist. Dass diese Augenblicke vergehen, und ich vermutlich sehr bald nicht mehr dort hingehen kann, macht sie so wertvoll.

Elsa lag in ihrer Kammer. Sie konnte nicht einschlafen. Paulines immer tiefer in die Vergangenheit reichender Strom war zu einem unübersehbaren Delta angewachsen. Die Eisschmelze der Erinnerung hatte eingesetzt. Sie schien dieses Tauwetter und die damit hereinbrechende Überschwemmung gar nicht eindämmen zu wollen, sondern ließ sich davon fortreißen und führte dem Permafrost ihrer frühen Jahre ständig neue Wärme zu. Als habe diese Geschichte nur darauf gewartet, einmal, ein einziges Mal erzählt zu werden. – Der Onkel, der mit der Fünfjährigen wie im Spiel durch die auf- und absteigenden Elferreihen des neunzehnten Jahrhunderts gehüpft war und plötzlich zögerte, über die Schwelle zu springen – Das jäh auftauchende und ebenso rasch verdunstende Gespenst des Herrn von Tassell – Die Tarnung der New Yorker Jahre durch seltsame Episoden aus dem Botanischen Garten der Bronx – Die allmähliche Enthüllung der Rolle Oswalds und ihrer gemeinsamen Reise zu den Niagarafällen, wo sich die hart gewordene Geschichte wieder verflüssigte – Ihre lebenslange Fühlung mit Marie, der unaufdringlichen Freundin – oder Geliebten? –, deren Wesen schließlich auch Max bezauberte – Das deutlich fassbare, in vielen Facetten funkelnde Glück ihrer Reisen mit Max durch Innerasien, auf Kamtschatka und zu den Stämmen der kanadischen Nordwestküste – Die schier unauflösbare Spannung, sich selbst als »ausgehaltene« Frau zu begreifen und das Wagnis, von einem vorgezeichneten Lebensweg auszuscheren und »den Tod nicht zu fürchten« – Die langen Jahre nach den Reisen mit einem immer mehr verdüsterten Max, gegen dessen Schwermut die vielfältigen Reiseaufzeichnungen ein mächtiges Gegengift waren, und die vielleicht ohne Dr. Arndts Ermunterung nie ans Tageslicht gekommen wären – Und schließlich die dramatischen Umstände von Max' Sterben.

Draußen zeichneten sich schon die ersten grauen Streifen des kommenden Tages ab. Elsa griff nach dem wulstigen Kuvert, das Pauline nach langer Zeit wieder entdeckt und das sie für einen Augenblick aus der Fassung gebracht hatte. Der Umschlag war mit lila Tinte an *Max Lassenius / poste restante / Kristianstad* adressiert, lediglich die Initialen E.S. waren fahrig über die Hoteladresse auf der Rückseite gekritzelt.

Elsa zog aus diesem Brief einen Umschlag heraus, der an *Mme Evelyn Savage c/o Hôtel de L'Europe / Newski Prospect* adressiert war. In diesem Umschlag befanden sich eine Photographie und ein zerrissener Brief. Es war das Portrait Paulines aus dem Studio von *John Soule, Jr.* in Manhattan. Das Bild war vermutlich mit einem spitzen

Gegenstand, vielleicht einer Nagelfeile, durchgeixt. Paulines linkes Auge war zerfetzt.

Gedankenverloren blickte Pauline über den Betrachter hinweg. Elsa legte die zerrissenen Teile des Briefes aneinander.

*Kristiansstad, the 12th of September 1902*

*Dear Mother!*
*My long bachelor years will soon be over!*
*This photograph shows you my tender, dark-eyed starling, the lovely Pauline. She soon will be my travel companion! She is German, working in the Botanic Garden of the Bronx. We shall marry next year as soon as she will return to Europe.*
*I am so glad, I can send you her portrait before anyone else will see it! Yours, devotedly as ever — Max*

Evelyn Savage hatte den euphorischen Brief ihres Sohnes zerrissen, kommentarlos mit dem malträtierten Photo der Braut wieder in den Umschlag gesteckt und an den Absender zurückgeschickt.

Elsa hob das zerrissene Blatt noch einmal hoch, hielt es nahe an die Lampe, ob sich nicht irgendwo ein persönliches Zeichen, die Spur einer Antwort fände. Als besonders verletzend empfand sie die beiden Striemen, die Paulines Portrait entstellten.

Sie las den Brief noch einmal und verstaute die zerrissenen Hälften vorsichtig im Kuvert. Das Photo legte sie beiseite. Dann griff sie sich den zuunterst liegenden Brief. Es waren zwei maschinengeschriebene Blätter, sie steckten in einem unverschlossenen Kuvert und waren an Prof. Koerber in Norwich, East Anglia adressiert. Eine kleine Todesanzeige rutschte aus dem Umschlag auf ihre Bettdecke.

*Stockholm, 27. Januar 1939*

*Lieber Herr Professor Koerber,*
*Entschuldigen Sie, wenn ich Ihnen so spät antworte.*
*Ihr sehr persönlicher Brief und der beiliegende*
*Nachruf auf meinen geliebten Max in den Annals*
*of Anthropology sind mir sehr zu Herzen gegangen.*
*Besonders ergriffen hat mich Ihr Satz, »Er konnte*
*Masken zum Sprechen bringen.«*
*Sie waren sein engster und wohl auch einziger Freund.*
*Deshalb möchte ich versuchen, Ihnen die näheren*
*Umstände seines Todes und Ihres letzten Besuches*
*zu schildern. Es tut mir aufrichtig leid, dass unsere*
*Begegnung unter einem so unglücklichen Stern stand.*
*Aber ich hatte keine Wahl, wie Sie gleich erkennen*
*werden.*

Im Dorf krähte ein Hahn, Elsa lauschte.

*Wie Sie der Todesanzeige entnehmen können, ist Max'
Todestag auf den 5. September 1938 datiert, also zwei
Tage n a c h Ihrem Besuch. Tatsächlich ist Max am
Abend v o r Ihrer Ankunft gestorben.
Er ist nicht, wie es in der von ihm selbst verfaßten
Todes-Anzeige heißt, »friedlich entschlafen«, sondern
nach heftigem Kampf in unversöhnlichem Zorn mit
den Dämonen seines Lebens von mir gegangen.
Er hatte in Vorahnung seines baldigen Todes mir
eingeschärft, ja das Versprechen abgetrotzt, ich dürfte
niemanden über sein »Ableben«, wie er es nannte,
informieren, ehe er nicht unter der Erde wäre.*

*Auf jeden Fall habe ich sofort versucht, Sie auf
irgendeinem Weg zu erreichen. Mein Telegramm
an Sie —* Max bittet um Aufschub. Stop. Starkes
Unwohlsein. Stop. Pauline Lassenius — *war die
Notlüge, die mir die Vorsehung diktiert hatte.*

Elsa blickte von dem Brief auf. Vom Kiesweg drangen
Schritte herauf, die sich entfernten.

*Sie werden das Telegramm vermutlich erst bei Ihrer
Rückkehr von Ihrer Reise nach Britisch-Columbien
erhalten haben.
Als Sie hier eintrafen und meinen Mann unbedingt
sprechen wollten, musste ich Sie hinhalten. »Max ist
der Einzige, der mir die fehlenden Informationen
geben kann! Er hat vor vielen Jahren mit den Trägern*

*der Maske noch gesprochen. Er weiß mehr über sie als jeder andere«, sagten Sie, kaum hatten Sie die colorierten Photographien der großen Kwakiutl– und Bella Coola–Masken im Salon zusammen mit einer Liste Ihrer Fragen ausgebreitet. Ich musste Ihnen eine makabre Komödie vorspielen, indem ich behauptete, Max sei so geschwächt, dass er ausdrücklich darum gebeten habe, niemanden zu ihm zu lassen. Deshalb habe ich Ihnen angeboten, Ihre Fragen nach Maßgabe meiner Möglichkeiten selbst zu beantworten und nur, wenn ich wirklich nicht mehr weiterwüsste, Max kurz aufzusuchen und ihn um Rat zu bitten. Sie waren am Ende mit meinen Auskünften recht zufrieden, schließlich hatte ich in den letzten Jahren häufig mit Max über diese Kultgegenstände gesprochen und die Aufzeichnungen aus seinen Journalen übertragen.*

Elsa nahm das zweite Blatt.

*Zweimal bin ich in sein Zimmer gegangen und habe ihn angesprochen, an dessen Ohr kein Laut mehr drang und dessen Lippen keine Silbe mehr entschlüpfte. Nur auf diese Weise konnte ich Sie in der Illusion wiegen, ich hätte tatsächlich mit ihm gesprochen und die fehlenden Informationen erhalten, die mir aber längst bekannt waren.*
*Nie werde ich Ihre sichtbare Enttäuschung und Ihr, verzeihen Sie meine Offenheit, grollendes Bedauern vergessen, Max nicht doch noch persönlich*

*gesprochen zu haben, vor allem, weil Ihre unmittelbar bevorstehende Reise nach Kanada Sie für lange Zeit von Europa fernhalten würde. Ihre Genesungswünsche klangen fast bitter, was ich Ihnen nicht verdenken kann – als hätten Sie geahnt, daß mit diesem ›Kranken‹ etwas nicht in Ordnung war. Ich hatte keine Wahl. Kaum hatten Sie unser Haus verlassen und die Pferdedroschke zum Bahnhof bestiegen, habe ich auf der Türschwelle einen Schwächeanfall erlitten. Den Peitschenknall des Kutschers und das Getrappel der Pferde sind mir noch im Ohr, als wären sie nie verklungen. Sie können mir*

Die Schrift brach mitten im Satz ab.
Pauline hatte den Brief nicht abgeschickt.

Auf dem Frühstückstisch fand Elsa einen Zettel und einen zerknitterten Umschlag.

*Liebe Elsa,*
*hast Du gut geschlafen? In deiner Kammer brannte noch Licht, als ich aus dem Haus ging. Hast Du den Hahnenschrei gehört? Leb wohl! Komm gut nach Hause.*
*Auf bald.*
*Ich reiche Dir die Hand –*
*Pauline*
*P.S.: In dem Umschlag steckt das Nest eines Zaunkönigs, das ich seinerzeit auf der Kamtschatka gefunden habe.*

Im Flur klingelte das Telefon. Elsa hörte Schritte, dann Mandas Stimme.

— Hier bei Lassenius. — Guten Morgen! — Nein, Frau Pauline ist heute schon sehr früh aus dem Haus. — Das kann ich ihr ausrichten, gerne. — Fräulein Elsa? Ja, die ist noch hier. Sie reist heute ab. Ach, das wissen Sie schon. — Ich kann sie fragen, einen Augenblick. —
Aus dem Flur rief Manda in die Küche — Fräulein Elsa, Herr Soldau möchte Sie sprechen. Hätten Sie einen Moment Zeit? —
— Ich komme.

Elsa stand auf und ging zum Telefon im Flur. Der Hörer lag neben dem Telefon, Manda war schon verschwunden.

— Guten Morgen! — Mein Zug geht in zwei Stunden. — Das wäre sehr freundlich. — Wir können sofort aufbrechen, wenn Sie wollen. — Einen Umweg über Graben? — Ja, warum nicht!

Elsa lachte.

*Mein besonderer Dank für die
mannigfaltige Unterstützung gilt
Bettina Wiesenauer, Sabine Hackethal
und Viola Richter*

Nachweis der Textrechte:
*Der Brunnen* von Fjodor Iwanowitsch Tjutschew,
übersetzt von Felix Philipp Ingold, aus:
*»Als Gruß zu lesen«: Russische Lyrik von 2000 bis 1800*,
Dörlemann, Zürich 2012, S. 313.
Wir danken für die freundliche Abdruckgenehmigung.

Verlag Kiepenheuer & Witsch, FSC® N001512

1. Auflage 2020

Verlag Galiani Berlin
© 2020, Verlag Kiepenheuer & Witsch, Köln
Alle Rechte vorbehalten.
*Umschlaggestaltung* Manja Hellpap und Lisa Neuhalfen, Berlin
*Umschlagmotiv* Der Amerikamüde. Photographie © Hanns Zischler
*Tassenabdruck* Freepik.com;
*Zeitungsartikel* The Death of Giuseppe Verdi.
Musical opinion and music trade review.
The New York Times; März 1901; No. 24, 282; S. 406
*Lektorat* Esther Kormann
Gesetzt aus der Adobe Caslon
*Satz* Buch-Werkstatt GmbH, Bad Aibling
*Druck und Bindung* GGP Media GmbH, Pößneck
ISBN 978-3-86971-207-9

Weitere Informationen zu unserem Programm
finden Sie unter *www.galiani.de*